Karl Jung – Der geprellte Teufel
Sechs teuflische Märchen

Karl Jung

Der geprellte Teufel

Sechs teuflische Märchen

Novalis Verlag

Umschlag + Illustrationen: Frantisek Chochola, Hamburg

Novalis Verlag
CH-8200 Schaffhausen
ISBN 3-7214-4502-3

Inhalt

Die drei Brüder

Ein michaelisches Märchen

Es war einmal ein König, der hatte ein großes Reich. Er war aber nicht glücklich; hinter seinem Schloß, in einer Höhle, hauste ein Drache, der nicht niederzuzwingen war: Jedes Helden Speer zerbrach in seinem Schlund.

Der König hatte drei Söhne. Er rief sie zu sich und sagte: «Ihr seid erwachsen, ich entlasse euch aus meiner Obhut. Geht hinaus in die Welt und seht euch um! Wer bei seiner Rückkehr den Speer mitbringt, der in dem Schlund des Drachen nicht zerbrechen wird, dem übergebe ich mein Reich und erhebe ihn vor allem Volk zu meinem Nachfolger.»

Der älteste Sohn machte sich zuerst auf den Weg. Wie er eine kurze Strecke geritten war, kam er an eine Wegkreuzung, bei der eine tausendjährige Eiche stand. Aus der Höhe stieß ein Adler[1] herab, setzte sich auf den untersten Ast und fragte: «Wohin am frühen Morgen? Sag mir dein Ziel, ich will es dir suchen helfen!»

Der Älteste dachte, wie kann ein krummschnäbliger Wolkengucker mir suchen helfen? Ich finde mein Ziel ohne ihn.

«Wer blind in den Tag hinein reitet», mahnte der Adler, «der logiert am Abend beim Teufel. Bleibst du mir immer noch die Antwort schuldig?»

«Ich suche den Speer, mit dem der stärkste aller Drachen zu töten ist.»

«Den suchst du umsonst!» entgegnete der Adler. «Wer den Drachen töten will, muß sich die Waffe selber schmieden. Zieh in das Land der Mittagskräfte; dort lohet auf einer Esse eine Flamme und wartet auf dich!»

«Laß sie abbrennen, ein Königssohn schmiedet nicht!»

«Nütze sie, sonst verspielst du dein Glück!»

«Vorwitziger Vogel, du brauchst mir nicht zu sagen, was auf Erden zu tun ist. Ich reite dahin, wo mein Pferd es will.»

«Reite zu!» spottete der Adler. «Teufelsbrot schmeckt bitter.» Er hob sich wieder in die Lüfte.

Der Königssohn verließ sich auf sein Pferd und ritt auf seinem Rükken Tage und Nächte durch das fremde Reich nach dem Norden. Wenn er Menschen fragte, wohin er sich wenden solle, verstand man ihn nicht. Todmüde gelangt er an einem Abend an ein Schloß, das dem seines Vaters glich. Endlich finde ich meinesgleichen, dachte er!

Aber die Lichter, die in den Hallen und auf dem Hof brannten, flößten ihm Angst ein. Weiter trug ihn sein Pferd nicht mehr. Er klopfte an die Pforte. Ein Wächter ließ ihn ein, verriegelte hinter ihm die Türe.

«Wo bin ich?» fragte der Königssohn.

«In dem Schloß eines Teufels.»

«Weswegen mußte ich in seine Hände fallen?»

«Du hast dich für deinen Weg nicht vorbereitet. Jetzt bist du verloren. Alle Türen sind verriegelt, und einen Fluchtweg gibt es nicht!»

Der Pförtner schlug mit einem Knüppel an einen Gong. Harter, unternatürlicher Klang durchhallte das Schloß. Plötzlich stand der Teufel vor seinem Gast und fragte ihn: «Was suchst du hier?»

Vor Schreck konnte der Königssohn nicht reden, erst nach einer Weile fand er die Sprache: «Mein Vater hat mir die Aufgabe gestellt, einen Drachen zu töten. Wenn mir das gelingt, erhalte ich sein Reich. Gib mir die Waffe!»

«Der Drache ist einer meiner Verwandten; ich gebe dir die Waffe nicht.»

«Wo soll ich mich hinwenden? Ich will König werden.»

«Diene mir drei Jahre!»

«Was gibst du mir nach dieser Zeit?»

«Soviel Mittel und Macht, daß du dir selber ein Königreich gründen kannst.»

«Was willst du dafür?»

«Deines jüngsten Bruders Speer!»

«Das Angebot ist verlockend: Ich beschaffe dir den Speer. Mein Bruder ist mir gegenüber der Schwächere.»

«Es gibt für dich aber eine Bedingung.»

«Welche?»

«Wenn du mir den Speer nicht beschaffen kannst, raube ich dir deine Seele. Hier ist der Vertrag: Unterschreibe ihn mit deinem Blut!»

Er reichte ihm die Feder. Der Königssohn unterschrieb mit seinem Blut, legte sein Gewand ab und trat in den Dienst des Teufels.

Als der älteste Sohn nach einiger Zeit nicht zurückkam, machte sich der zweite auf den Weg. An der Wegkreuzung stieß aus den Lüften der Adler herab und setzte sich auf den untersten Ast der alten Eiche. «Wohin am frühen Morgen? Sag mir dein Ziel, ich will dir es suchen helfen.»

Der Königssohn dachte, wie kann so ein neugieriger Nestkratzer mir mein Ziel suchen helfen? Ich reite dahin, wo ich es will.

«Du willst mir nicht antworten?» spottete der Adler. «Wer am Morgen blind in den Tag hinein reitet, der logiert am Abend beim Teufel. Bleibst du mir die Antwort schuldig?»

«Ich suche den Speer, mit dem der stärkste aller Drachen zu töten ist.»

«Den suchst du umsonst! Wer den Drachen töten will, muß sich die Waffe selber schmieden. Zieh in das Land der Mittagskräfte, dort lohet auf einer Esse eine Flamme und wartet auf dich.»

«Laß sie abbrennen, ein Königssohn schmiedet nicht.»

«Nütze sie, sonst verspielst du dein Leben.»

«Vorwitziger Vogel, du brauchst mir nicht zu sagen, was auf Erden zu tun ist. Ich reite dahin, wo mein Sinn es mir eingibt.»

«Mit ihm findest du nur Schale», behauptete der Adler. «Wenn Brot süß schmeckt, kann es das Brot des Teufels sein.» Er hob sich wieder in die Lüfte.

Der Königssohn spornte sein Pferd an und ritt nach dem Süden. Tag und Nacht ritt er durch das fremde Land, wenn er nach dem Speer fragte, verstand man seine Worte nicht. An einem Morgen erblickte er eine Stadt, die auf einer Anhöhe lag und von einer Mauer umgeben war. Die Türme glänzten in gleißendem Frühlicht. Er ritt hinauf und klopfte an die Pforte. Ein Wächter öffnete.

«Wo bin ich?» fragte der Königssohn.

«Im Reich der Glückseligkeit», antwortete der Wächter. «Bei uns gibt es nur Freuden und Wonnen.»

«Wer regiert hier?» wollte der Zweitälteste wissen.

«Luzifer.»

«Darf ich bleiben?»

«Das entscheidet der Fürst. Ich rufe ihn.»

Der Wächter blies in sein goldenes Horn. Trompeter und Trommler kamen aus dem Schloß, hinter ihnen mit großem Gefolge Luzifer. Er trat vor den Eindringling hin und fragte: «Was suchst du hier?»

«Großer Fürst! Ich komme aus einem Königreich, in dem ein Drache haust. Wenn ich ihn töte, gibt mir mein Vater sein Reich. Ich suche für den Kampf den Speer.»

«Das trifft sich gut! Der Drache ist mein Oheim und frißt mir die schönsten Erdentöchter weg.»

«Du mußt mir dankbar sein», frohlockte der Jüngling, «wenn ich ihn töte.»

«Den darf niemand töten!» befahl Luzifer. «Ein Ausgleich zwischen ihm und mir muß sein, sonst verlören die Menschen ihr Gleichgewicht. Aber ich will dir meinen Großmut zeigen: Wenn du drei Jahre bei mir bleibst und meine Lehren annimmst, so kannst du dir ein Reich gründen, das schöner und größer ist als das deines Vaters.»

«Was forderst du von mir?»

«Wenn die drei Jahre um sind, mußt du mir den Edelstein bringen, den dein jüngster Bruder bei sich tragen wird.»

«Wenn ich ihn nicht bringe?» fragte der Königssohn.

«Dann fordere ich deine Seele», antwortete Luzifer.

Der Jüngling dachte: mein jüngster Bruder war mir gegenüber immer der Schwächere. Ich kann ihn umbringen und ihm den Stein abnehmen.

Luzifer hatte unterdessen auf einem Pergament den Vertrag festgelegt und fragte: «Unterschreibst du?»

«Ja!»

«Aber mit deinem Blut!» forderte Luzifer.

«Ja!» sagte der Königssohn. Er unterschrieb mit seinem Blut.

Als der zweite Sohn nach einiger Zeit nicht zurückkam, wollte der Jüngste aufbrechen. Der König hielt ihn zurück: «Dein Arm ist schwach, wenn dir ein Feind begegnet, kannst du das Schwert nicht führen.»

«Vater, das laß meine Sorge sein.»

«Du bist guter Dinge. Ich gebe dir meinen Segen. Aber damit du weiterreiten kannst, wenn sich dein Pferd bei einem Sturz verletzt, gebe ich dir ein zweites mit.»

Der Jüngste brach auf, kam auch zu der Wegkreuzung. Von den Lüften herab stieß der Adler und setzte sich auf den untersten Ast der Eiche. «Wohin am frühen Morgen? Sag mir dein Ziel, ich will es dir suchen helfen!»

Der Königssohn dachte, das muß ein guter Bote sein: In den Augen des geflügelten Wesen spiegelt sich das Licht der Sonne. Er antwortete: «Ich suche den Speer, mit dem der Drache zu bezwingen ist, der hinter meines Vaters Schloß in einer Höhle haust.»

«Du suchst den Speer vergebens: Wer den Drachen töten will, muß sich die Waffe selber schmieden. Zieh in das Land der Mittagskräfte! Dort lohet auf einer Esse eine Flamme und wartet auf dich.»

«Sie soll nicht abbrennen! Kluger Vogel, weise mir den Weg!»

«Reite durch das Land, bis du an einen Fluß kommst. An seinem Ufer liegt ein Boot. Wenn du es berührst, brechen aus dem Schilf zwei Wegelagerer und wollen dich erschlagen. Fürchte dich nicht vor ihnen! Rede ihnen gut zu und schenke ihnen deine Pferde, damit sie dich an das andere Ufer bringen! Drüben erwarte ich dich.» Er hob sich wieder in die Lüfte.

Der Königssohn zog mit seinen Pferden nach dem Westen. Tag und Nacht ritt er, dann kam er an den Fluß. Am Ufer lag ein Boot. Er wollte es für die Überfahrt benützen und faßte es an. Aus dem Schilf brachen zwei Wegelagerer hervor und drangen auf ihn ein. Er wehrte sich und zog sein Schwert: «Zurück, ihr Banditen! Wenn ihr mich tötet, so sterben auch meine Pferde. Bringt mich über den Fluß, ich schenke sie euch.»

«Du hast uns deinen Mut gezeigt», sagten sie, «wir bringen dich hinüber.»

Über dem Fluß, hoch in den Lüften, kreiste der Adler. Der Königssohn setzte sich in das Boot. Die Wegelagerer brachten ihn schweigend an das andere Ufer und ruderten zu den Pferden zurück.

Vor dem Königssohn ließ sich auf einem Stein der Adler nieder und sagte: «Jetzt bist du in einem anderen Land; es ist eine Wüste. Sei aber nicht verzagt: Wandere, bis du zu einem kahlen Berg kommst. An seinem Sockel loht in einer Schmiede eine Flamme. Trete ein! Ein Teufel nimmt dich drei Jahre in die Lehre. Denke bei der Arbeit immer über das Eisen nach. Nach deiner Lehrzeit wird dein Arm so erstarkt sein, daß du den Speer, mit dem du den Drachen bezwingst, schmieden kannst. Strebe danach, vom Teufel soviel zu lernen, daß du am Schluß klüger bist als er. An dem Tag, an dem er dich zu seinem Gesellen erhebt, wache ich vor der Schmiede.»[2]

Der Adler erhob sich wieder in die Lüfte. Der Königssohn begann seinen Marsch durch die Wüste. Am siebten Tag erreichte er den kahlen Berg und die Schmiede. Unter der Türe stand der Teufel, gekleidet mit einer Schürze aus Rattenfellen: «Du kommst zur rechten Zeit; heute ist eine Lehrstelle bei mir frei geworden.»

«Die nehme ich an.»

«Weshalb willst du das Schmiedehandwerk erlernen?»

«Ein listiger Drache haust in meines Vaters Reich. Den will ich töten; dafür will ich mir des Speeres Spitze selber schmieden.»

«Einfältiger Mensch!» spottete der Meister. «Drachen und Teufel sind voller List: Wenn du den einen tötest, sind gleich zwölf andere von ihnen an ihrer Stelle. Du bist ein Dümmling, versuche es aber bei mir mit deinem Glück.»

Er führte ihn in die Schmiede. Auf der Esse lohte eine Flamme; daneben stand der Amboß. An der Wand hingen Hämmer, Zangen und andere Werkzeuge. Gegenüber stand die Werkbank und im Hintergrund der Herd. Eine Meerkatze kochte Speisen.

«Was wird bei dir gegessen?» fragte der Lehrling.

«Alle drei Jahre gibt es Menschenfleisch», antwortete der Teufel. «Die übrige Zeit wird dich die Köchin mit anderen Vorräten versorgen. Was dem Meister schmeckt, wird auch dem Lehrling bekömmlich sein.»

«Wo werde ich schlafen?» fragte der Königssohn.

«Ich schlafe unter der Esse, die Köchin neben dem Herd. Du bekommst einen abgeschirmten Schlafraum. Weder Sonne noch Sterne sollen dich stören.» Er öffnete eine Türe; in den Felsen war ein runder

Raum eingehauen. «Bringe Licht!» rief der Teufel der Meerkatze zu. Sie kam mit einem brennenden Span und leuchtete den Raum aus. Die gewölbte Decke war tiefschwarz, die Wand ohne Fenster.

«Meine Lehrlinge werden streng erzogen», sagte der Teufel. «Nur so werden sie brauchbare Gesellen. Jetzt beginnt für dich der Ernst des Lebens: Lege dein königliches Gewand ab und hänge es dort an den Nagel. Daneben hängt der Lehrlingsanzug. Kleide dich um und komme in die Schmiede.

Der Teufel legte einen Eisenstab in die Glut. «Jetzt schaust du mir zu!» sagte er zum Lehrling, als er neben ihm stand. «Lerne bei mir ordentlich das Schmieden.» Der Eisenstab glühte; der Meister nahm ihn in die Zange und trieb auf dem Amboß die Spitze aus: «Das mußt du drei Jahre lang jeden Morgen üben, die übrige Zeit bist du mein Handlanger.»

«Forderst du für die Lehre Geld?»

«Nein!» antwortete der Teufel. «Ich werde belohnt, wenn das aus dir wird, was ich aus dir machen will.»

Beim Einbruch der Nacht ging der Lehrling in seinen Schlafraum. Der Teufel schloß die Türe ab, trat an sein Pult und drückte auf einen Knopf: von allen Wänden und aus allen Ecken erscholl Höllenmusik. Aus Felsenlöchern krochen Ratten und schlugen mit ihren Pfoten den Takt.

Der Teufel ging an seine Kasse, füllte die Taschen mit Goldstücken und wanderte in die Nacht hinaus. Der Lehrling konnte vor Lärm kein Auge schließen. Übernächtigt kam er am Morgen zur Arbeit.

«Hast du was Schönes geträumt?» spottete der Teufel.

«Nein!»

«Warum nicht?»

«Der Höllenlärm löschte alle Erinnerungen in mir aus.»

«Das gefällt mir. Ich mache einen tüchtigen Menschen aus dir.»

Am Morgen des dritten Tages verließ der Teufel für kurze Zeit die Schmiede. Der Lehrling wagte sich zur Meerkatze und fragte: «Weshalb stört man hier die Nacht mit Höllenmusik?»

Die Meerkatze hielt die Pfote vor die Schnauze, zum Zeichen, daß er verschwiegen sein solle. «Ich bin eine verzauberte Königstochter und verrate dir, was hier vorgeht: Du bist ein armer Tropf! Ich muß dich drei Jahre mit Höllenkost ernähren, damit ein Teufel aus dir wird. Wenn aber die Zeit um ist und nicht ein Teufel aus dir geworden ist, wird er dich schlachten. Ich muß deinen Leib sieden, und er wird ihn verzehren. So macht er es mit allen Lehrlingen, bei denen er es nicht fertig bringt, daß sie Teufel werden.»

«Kannst du mir helfen?» fragte traurig der Königssohn.

«Wenn du mir für dein ganzes Leben die Treue schwörst.»

Sie reichte ihm die Pfote, er nahm sie in seine Hand und drückte sie.

«Seien wir uns innig einig!» beschwor die Meerkatze. «Ich werde dich dem Teufel nicht preisgeben, koste es mir auch das Leben. Jetzt werde ich bestimmen, was werden soll: Ich habe in einem Versteck einen Ring, mit dem kann ich die Macht der Hölle brechen. Sein Stein ist so kunstvoll geschliffen, daß sich in ihm das Licht der inneren Sternenwelt spiegelt. Dieses Licht dämpft die Strahlen der Hölle. Mit ihm will ich dich beschützen. Du sollst Königssohn bleiben. Auch die Höllenmusik wende ich von dir ab. Wenn nachts der Teufel weg ist, spiele ich dir auf einer Lindenholzflöte himmlische Weisen.»

«Ein seltsames Glück hat uns zusammengeführt», sagte der Königssohn. «Ich bleibe ewig an deiner Seite.»

«Ich will dir auch verraten, was der Teufel tagsüber treibt: Er stellt falsche Goldmünzen her; sie sind von echten nicht zu unterscheiden. Nachts geht er in die Städte und kauft über Händler Seelen für die Hölle ein. Still! Ich höre Schlüssel rasseln. Er kommt.»

Die Meerkatze kochte weiter. Der Lehrling arbeitete am Schraubstock.

Es verlief die Zeit. Jeden Morgen kam der Lehrling aus dem Schlafraum, erhitzte in der Flamme einen Eisenstab und übte am Amboß das Schmieden der Speerspitze. Dabei dachte er immer über das Eisen nach.

Dem jüngsten Königssohn brach der letzte Tag seiner dreijährigen Lehrzeit an. Der Teufel war von seiner nächtlichen Wanderung in die Schmiede zurückgekehrt.

Er suchte aus seinen Vorräten einen Eisenstab aus und lehnte ihn an die Esse. Die Meerkatze lief her und schnupperte daran. Der Teufel jagte sie fort: «Streiche nicht unnütz herum! Mach dich hurtig an die

Arbeit! Setze den großen Kessel mit Wasser auf! Heute will ich den Lehrling zum Gesellen erheben. Das muß ein besonderes Fest geben. Für das Mahl habe ich zwölf Gäste geladen. Decke den Tisch für sie mit.»

Er schloß den Schlafraum auf und rief: «Komm heraus, mein Sohn! Heute mußt du deine Prüfung ablegen. An der Esse steht ein Eisenstab. Schmiede aus ihm den Speer, mit dem du den Drachen bezwingen willst. Passe gut auf, daß dir kein Fehler unterläuft! Wenn alles gut gelingt, wird ein Fest gefeiert.»

Der Lehrling nahm den Stab und legte ihn in die Flammenglut.

Der Teufel ging vor die Schmiede, sah sich um, ob Menschen in der Nähe seien, die sein Unternehmen stören könnten. Er fand keine Neugierigen, übersah aber den Adler, der hoch in den Lüften kreiste und das Schicksal von zwei Königskindern überwachte.

Der Lehrling beobachtete den Stab in der Glut. Die Meerkatze lief zu ihm und flüsterte: «Der Teufel hat dir einen unhärtbaren Stab gegeben, tausche ihn gegen seinen härtbarsten ein. Wenn der Speer fertig ist, wird ihn der Teufel in die Hand nehmen und die Spitze prüfen. Er wird sagen: «Du hast gut geschmiedet; ich entlasse dich aus meiner Lehre. Nachher gebe ich ein Fest, da darfst du dein königliches Gewand wieder tragen.» Er wird dich drängen, daß du dich auskleidest. Wenn du nackt vor ihm stehst und er feststellt, daß in den drei Jahren kein Teufel aus dir geworden ist, will er dich mit dem Speer niederstechen und sich von mir aus deinem Leib ein festliches Mahl bereiten lassen. Er hat zwölf Teufel als Gäste zu sich geladen. Das Wasser im Kessel siedet schon. Wir müssen ihn überlisten. Wenn du ausgekleidet bist, sage zu ihm: ‹Mir wächst ein Pferdefuß!› Er wird sich bücken, um deine Ferse zu prüfen. Jetzt entreißest du ihm den Speer und stößt ihn ihm in den Rücken.»

Sie ging wieder an den Herd. Schnell tauschte der Lehrling des Teufels Eisenstab gegen einen andern ein und legte ihn in die Glut.

Der Meister war zurückgekehrt und schaute zu, wie der Lehrling auf dem Amboß des Speeres Spitze schmiedete und in dem siedenden Wasser des Kessels härtete.

Der Meister betastete den Speer und sagte: «Du hast deine Prüfung sehr gut bestanden: Die Spitze ist härter als das Gerippe des Todes.

Jetzt kannst du getrost heimkehren und den Drachen bezwingen. Lege die Lehrlingskleidung ab und schmücke dich wieder mit deiner königlichen Kleidung! Aber schnell!»

Der Teufel holte den Königsmantel, der jüngste Bruder legte seine Lehrlingskleidung ab. Der Teufel betrachtete ihn mit Wonne und nahm den Speer in die Hand. Erstaunt sagte der Königssohn: «Mir wächst ein Pferdefuß!»

Der Teufel war überrascht und bückte sich, um die Ferse zu prüfen. Der Königssohn entriß ihm den Speer, stieß ihn ihm in den Rücken und sagte: «Fahre du zur Hölle, nicht ich!»

Der Getroffene brach zusammen und streckte die Glieder. Aus der Todeswunde kroch ein neuer bösäugiger Teufel; er flüchtete in das Innere des Felsen. Der Königssohn nahm das Gerippe des Besiegten und warf es in das siedende Wasser des Kessels.

Die Meerkatze machte einen Freudensprung, stellte sich vor dem Sieger auf die Hinterbeine und lachte: «Nun haben die Gäste, die nachher kommen, ihr Gesottenes. Gottseidank! Jetzt darf ich aus dem finsteren Zauber des Teufels befreit werden: nimm den Speer und stoße ihn mir in das Herz!»

«Das kann ich nicht!»

«Zeige Mut und erlöse mich!» bat die Meerkatze.

Er reinigte den Speer und stieß ihn ihr in das Herz. O Wunder! Aus der Todeswunde schlüpfte eine bildschöne Königsstochter.

Der Sieger warf seinen Mantel um, schloß die Erlöste in seine Arme und küßte sie.

Sie holte aus dem Versteck den Ring und sagte: «Mit diesem Kleinod habe ich die Hölle von dir abgeschirmt. Aus dir durfte kein Teufel werden.»

«Ich sehe, in dem geschliffenen Stein spiegelt sich das Licht der inneren Sternenwelt. Auch ich halte ein Kleinod verborgen. Am Tag unserer Vermählung tauschen wir die Ringe aus.

Sie sagte: «Wir müssen aufbrechen. Um die Mittagszeit kommen die zwölf Gäste. Ich will ihnen noch schnell den Tisch decken. Das Gesottene können sie sich selber schöpfen.»

Er nahm des Teufels Schürze vom Haken, packte sie ein, ergriff den Speer und verließ mit der Braut die Schmiede.

Hoch in den Lüften kreiste der Adler, er stieß herab und setzte sich vor dem Königssohn auf einen Stein.

«Seit wann wachst du über mir?» fragte der Geselle.

«Ich habe mich an dem Tag mit dir verbunden, an dem du ausgezogen bist, den Drachen niederzuzwingen. Er war auch einmal geflügelt und hat bei mir in den Höhen gewohnt. Er ist hochmütig geworden und wollte über Gott hinaus. Ich habe ihn gestellt und in die Tiefe gestürzt. Das Himmelslicht hat sich von ihm abgewendet. Jetzt kriecht er als finsterer Drache auf der Erde, hält sich in Verstecken auf und will die Menschen unterwerfen. Du bist zum Kampf gegen ihn angetreten: Ich beschütze dich! Dein Mut ist auch mein Mut und dein Speer ist auch mein Speer! Du wirst siegen und ich werde dich zum Licht führen. Mach dich mit deiner Braut auf den Weg und nimm Geld für die Überfahrt mit. Hüte dich vor deinen falschen Brüdern!» Er hob sich in die Lüfte, der Königssohn ging zur Teufelskasse und füllte sich die Taschen mit Goldmünzen.

Sie machten sich auf den Weg; am Fluß beim Boot standen die Wegelagerer. «Diesmal bringen wir dich nicht hinüber», spotteten sie. «Du hast kein Geld.»

«Ich habe genug», entgegnete der Königssohn. «Sogar soviel, daß ich meine Pferde zurückkaufen kann.»

Er griff in die Taschen und teilte die Goldmünzen aus. «Das ist wirklich genug», bestätigten die Wegelagerer. «Du sollst auch deine Pferde wieder haben. Die Mähren trauerten die ganze Zeit und duldeten niemand auf ihrem Rücken. Aber was hast du in dem schmutzigen Bündel? Du weißt, in das andere Land darf man nichts hinüber nehmen.»

«Das sind eines Teufels Kleider», antwortete der Königssohn. «Ein Onkel von ihm wartet auf uns.»

«Wenn es so ist», sagten die Wegelagerer, «darfst du sie mitnehmen. Auch wir stehen in eines Teufels Dienst.»

Sie ruderten das junge Paar hinüber. Am Ufer standen die Pferde und wieherten. Der Königssohn half der Braut in den Sattel, und sie ritten zur Höhle des Drachen.

In der Heimat war noch alles wie früher. Sie ritten zur Rückseite des Schlosses, banden die Pferde an einen Baum und gingen durch die

Sträucher den Hügel hinab zur Höhle. Der Königssohn legte sein Gewand ab und band des Teufels Schürze um. Die Schritte hatten den Drachen aufgeweckt; er hob seinen Schädel aus der Höhle und fragte: «Wer kommt?»

«Dein Vetter», antwortete der Verkleidete. «Heute bringe ich dir einen besonderen Fraß: das Töchterlein eines Königs!»

«Das Kind fresse ich mit Wollust», schnalzte der Drache. «Aber warum trägst du einen Speer?»

«Das Opfer ist nicht willig. Sperre den Rachen auf, soweit du kannst! Ich werfe dir den Bissen hinein.»

«Schnell! Mir knurrt der Magen!» Er sperrte den Rachen weit auf. Der Königssohn hob den Speer und stieß ihn ihm tief in den Schlund, hinein in das Herz.

Der Drache röchelte: «Du hast mich besiegt und mit deinem Speer aus deinem künftigen Reich verdrängt.» Er krümmte sich und streckte seine Glieder.

«Wir sind erlöst!» triumphierte der Held. «Ich danke Gott und meinen Beschützern!»

Der Held streifte des Teufels Schürze ab, warf sich den königlichen Mantel um und umarmte die Braut. Er sagte: «Ich bin vom Kampf ermattet, ich muß mich auf dem Rasen ausruhen. Gehe du voraus zum Schloß und nimm den Speer mit!»

Sie schritt mit dem Speer den Hügel hinauf, er legte sich nieder. Plötzlich brachen aus den Büschen seine Brüder hervor und schlugen mit Keulen auf ihn ein.

«Weshalb wollt ihr mich töten?» fragte der Bruder. «Ich trage nichts bei mir, was euch nützen könnte.»

«Du hast den Edelstein», behauptete der Zweitälteste, in dem sich das Licht der inneren Sternenwelt spiegelt. Gib ihn mir, sonst verspiele ich beim Teufel meine Seele!»

«Und ich will deinen Speer», forderte der Älteste. «Sonst teile ich meines Bruders Schicksal.»

«Die Pfänder gebe ich euch nicht!»

«Dann stirb für deine Worte!» fluchten sie und schlugen auf ihn ein, bis er wie tot am Boden lag.

Sie suchten in seiner Kleidung den Edelstein, doch vergebens. Schimpfend liefen sie der Braut nach.

Sie wandte sich um und schrie: «Wie Kain habt ihr den Bruder erschlagen; ich trage den Edelstein und den Speer. Mich bezwingt ihr nicht!»

Die mutige Königstochter hob den Speer und tötete den ersten Bösewicht, dann den zweiten.

Neben der Kampfstätte sprudelte eine Quelle. Die Braut eilte hin, schöpfte mit den Händen von dem klaren Wasser, trug es zu dem Erschlagenen hin und träufelte es ihm auf die Stirne. Er schlug die Augen auf und sagte: «Du hast mich zum zweiten Mal dem Leben erhalten. Jetzt führe ich dich zum Schloß meines Vaters und feiere mit dir die Vermählung.»

«Wir haben Grund zur Feier», bestätigte die Königstochter. «Unsere Widersacher haben wir niedergezwungen.» Freudetränen rollten über ihre geröteten Wangen.

Am andern Tag wurde auf dem Schloß die Hochzeit gefeiert und der Held vor dem Volk zum König erhoben. Nun begann für alle eine glückliche Zeit.

[1] Sinnbild für den Erzengel Michael.

[2] Rudolf Steiner: Zeichen der Zeit, Michaels Kampf und seine Widerspiegelung auf Erden. Zwei Vorträge, gehalten am 14. und 17. Februar 1918 im Kurhaus «Das Reich» in München. Philosophisch-Anthroposophischer Verlag am Goetheanum, Dornach, Seite 26.

«...und im wesentlichen ist es ein Mitkämpfen mit dem Erzengel Michael, wenn man sich gegen diese widerspenstigen Geister auflehnt» (die von ihm im harten Kampf aus der geistigen Welt in das Leben auf der Erde heruntergestoßen worden und jetzt mit den Menschen beisammen sind), «wenn man sucht, sie aus dem Felde zu schlagen.»

Der neue König

Ein Märchen

Ein König hatte drei Söhne; jeder war rüstig und machte ihm Freude. Aber eines Morgens kamen sie zu ihm, und der Älteste sagte: «Vater, in letzter Zeit langweilen wir uns auf dem Schloß: Es wiederholt sich immer nur das Vergangene, und Neues kommt nicht hinzu. Wir bitten dich: Gib uns drei Jahre Urlaub. Wir wollen in der Welt umherziehen und uns mit besonderen Erlebnissen bereichern.»

Der König erwiderte: «Ich freue mich, daß ihr mich auf eigenen Beinen verlassen wollt und Mut habt, unerwartete Dinge zu erleben. An Zehrgeld soll es euch nicht fehlen, aber ich bitte, daß ihr mir bei der Rückkehr drei Wünsche erfüllt.»

«Nenne uns den ersten!» bat der Älteste.

«Es geht die Sage», führte der König aus, «daß im Gebirge unter der Erde ein Schatz ruht, der mehr wert sein soll als das gesamte Gold unseres Landes. Ein Teufel hat niedergeschrieben, wo er liegt. Er verbirgt die Aufzeichnung in einer Höhle und wacht Tag und Nacht darüber. Er möchte sie mir geben, aber verlangt dafür, daß ich die Herrschaft über mein Volk an ihn abtrete.»

«Auf diese Bedingung darfst du nicht eingehen!» sagte der Jüngste, «wir wollen dem Teufel die Aufzeichnung ablisten.»

Der König sagte: «Wem das gelingt, der hat seine Mutprobe bestanden. Mein zweiter Wunsch ist, daß einer von euch eine Jungfrau heimbringt, die würdig ist, eine neue Königin zu sein. Und mein letzter Wunsch ist es, daß ihr mir nach drei Jahren wieder in Eintracht begegnet, so wie es unter Brüdern sein soll.»

Er gab ihnen Reisegeld, segnete ihre Häupter und entließ sie aus dem väterlichen Schloß.

Einen Tagesritt blieben die drei Brüder beisammen. An einem Kreuzweg, an dem ein klares Brünnlein floß, trennten sich die zwei Ältesten von dem Jüngsten, sprachen aber ab, daß sie sich nach drei Jahren an der gleichen Stelle wieder treffen wollten.

Sie ritten voraus. Am Wegrand wollte ein altes Mütterlein ein Bündel Holz auf den Rücken nehmen, aber es gelang ihm nicht, es war zu schwach.

Es sagte zu den Brüdern: «Helft mir! Ich kann euch die gute Tat belohnen.»

«Du willst uns für deine Schwäche in Anspruch nehmen?» spottete der Älteste. «Du weißt nicht, wer wir sind. Lasse das Holz liegen, setze dich auf einen Besenstiel und fahre zur Hölle! Du alte Hexe!»

«Ich weiß es wohl, wer ihr seid!» gab sie zur Antwort, «aber wenn ihr an den Armen nicht Demut üben wollt, so wird der Teufel auf euerem Weg euer Begleiter sein. Wenn ihr nach drei Jahren auf das Schloß zurückkommt, wird man an euerem Antlitz lesen können, welche Schandtaten ihr in seiner Gemeinschaft verübt habt.» Sie setzte sich auf das Holzbündel und lachte über die Hochmütigen.

Sie ritten weiter. Der Älteste meinte: «Sie scheint tatsächlich eine Hexe zu sein, sonst wüßte sie nicht, daß wir nach drei Jahren wieder zurückkehren wollen.»

Nach einer Weile ritt der jüngste Königssohn des Weges daher. Die Alte stand auf und versuchte wieder, das Holzbündel auf den Rücken zu nehmen.

«Halte, Mütterlein!» rief er vom Pferd herunter, «das Bündel ist zu schwer für dich. Erlaube, daß ich es dir heimtrage. Welchen Weg gehst du?»

«Den, den du suchst. Ich kenne den Ort, wo du hin willst.»

«Außer dem Teufel kennt den niemand.»

«Und doch kenne ich ihn.»

Er stieg vom Pferd, gab der Alten die Zügel, lud das Holzbündel auf seinen Rücken und ging neben ihr her.

Nach einer Weile kamen sie an ein kleines Haus, das abseits der Straße lag. Sie sagte: «Hier wohne ich. Bleibe bei mir! Für deine Hilfe bereite ich dir zum Mittagstisch eine Suppe. Sieh dich derzeit in meinem Garten und in den Ställen um.»

Er legte das Bündel ab, band das Pferd an den Zaun und ging in den Garten. Es war kalt. Die Blumen schliefen unter der gefrorenen Bodendecke. Er ging weiter; auf einer Wiese weideten Schafe, und an einem kleinen Weiher schnatterten Gänse. Dann rief ihm die Alte und lud ihn neben sich zu Tisch. Mit Wonne aß er ihre Suppe. Als er fertig war, sagte sie zu ihm: «Ich habe mich vorhin mit deinen Brüdern unterhalten. Sie reiten die Straße hinab, in eine absterbende Welt. Sie wissen nicht, daß diese Welt des Teufels ist. Sie wollen sich an ihr aufbauen. Aber alles, was sie sich von ihr aneignen, ist des Teufels. Bleibe bei mir! Ich will dich in eine Welt einführen, die jenseits der Teufelswelt ist. Was du dem Teufel abringst, das führst du dem Lichte zu. Wenn du drei Jahre bei mir geblieben bist, wirst du den ersten Wunsch deines Vaters erfüllen können.» Er blieb.

Am Abend setzte sie sich wieder zu ihm an den Tisch und sagte: «Der Schatz, den der Teufel für deinen Vater aufbewahrt, speichert eine Energie, die tatsächlich mehr wert ist als das gesamte Gold des Landes. In einem Buch hat er niedergeschrieben, wo er ihn versteckt hält und wie die Energie zum Wohl oder Wehe der Menschheit verwendet werden kann.»

«Ich will das Buch!» forderte der Königssohn.

«Der Teufel gibt es nur dem, der ihm seine Seele verschreibt.»

«Nicht gegen alles Gold der Welt verschreibe ich sie ihm», beteuerte er, «gibt es einen anderen Weg, das Buch zu bekommen?»

«Ich will dich auf den Weg führen, aber du kannst ihn nur gehen, wenn du dafür die Reife hast.»

«Wozu brauche ich diese Reife?»

«Der Teufel sitzt mit dem Buch tief in der Erde, in einer Zelle[1]. Dorthin führt eine Höhle. Zwölf schwarze Panther wachen darin, damit man nicht unbemerkt in die Zelle gelangen kann. Einmal im Jahr schläft der Teufel: Das ist zu der Stunde, als uns der Heiland geboren wurde. Da kannst du zur Zelle gelangen, aber du mußt so stark sein, daß du mit deiner Seele Kraft die Wächter niederhalten kannst. Durch meine Schulung wirst du die Kraft erlangen.»

«Ich will solange bei dir bleiben, bis ich diese Reife habe», versprach der Königssohn.

In der folgenden Zeit entwickelte er beim stillen Betrachten des Auf-

blühens und Absterbens der Pflanzenwelt in seiner Seele besondere Kräfte. Und als sein letztes Lehrjahr zu Ende ging, richtete er sich an einem frühen Morgen von seinem Lager auf und nahm wahr, daß in ihm ein Licht geboren worden war, das nicht von dieser Welt ist. Aus dem Inneren der Himmelswelt war es auf ihn zugekommen.

Als er neben dem Mütterlein das Frühstück zu sich nahm, sagte es zu ihm: «Heute nacht hast du die Reife erlangt, um das Buch des Teufels in Besitz nehmen zu dürfen. In der Heiligen Nacht werde ich dich zu der Höhle führen.»

Die Heilige Nacht kam. Die Alte gab dem Königssohn eine Bibel und sagte: «Diese Heilige Schrift hat denselben Einband wie das Buch des Teufels. Wir gehen jetzt zur Höhle und du tauschst es ein.»

Um die Mitternachtsstunde erreichten sie die Höhle. Der Königssohn entzündete eine Kerze, ging zum Eingang, lief furchtlos an den wachenden Panthern vorbei und trat in die Zelle: Am Tisch saß der Teufel; er hatte sein gehörntes Haupt auf den linken Arm gelegt und schlief. Sein geheimes Buch lag vor ihm. Der Königssohn nahm es ihm weg und tauschte es gegen die Bibel ein. Leise machte er sich wieder davon. Vor der Höhle wartete das Mütterlein. Froh gingen sie mit dem erbeuteten Buche nach Hause.

Kurze Zeit danach war der Tag gekommen, an dem sich der Jüngste mit den Brüdern wieder treffen wollte. Er packte des Teufels Buch ein, sattelte sein Pferd und verabschiedete sich herzlich von der Alten.

Sie rief ihm nach: «Hüte dich vor deinen Brüdern!»

Als er am Kreuzweg bei dem Brunnen ankam, ritten auch schon seine Brüder daher. Er erschrak: Sie sahen aus wie Teufel, nur fehlten ihnen die Hörner.

«Hast du das geheime Buch?»

«Ja!» antwortete der Jüngste, «ich habe es dem Teufel weggenommen. Der Vater wird sich freuen.»

«Das Buch steht dir nicht zu!» behauptete der Zweitälteste, «wir beide sind des Teufels Freunde.»

Sie stiegen von den Pferden, stachen mit Dolchen auf ihn ein, bis er zu Boden stürzte; nun entrissen sie ihm das Buch und sprengten davon.

Die alte Frau hatte den Schrei des jüngsten Königssohnes gehört; sie eilte zum Brunnen, fand den Überfallenen und weinte. Als sie ihm helfen wollte und sein Blut berührte, wurde sie in eine strahlende Jungfrau verwandelt. Sie verband ihm die Wunden. Er schlug seine Augen wieder auf, erschrak, weil er nicht wußte, wer bei ihm war.

«Ich war das alte Mütterlein», sagte sie, «ein höheres Schicksal hatte mich verzaubert, daß ich über deine Wege wachen konnte. Jetzt habe ich meine frühere Gestalt wieder angenommen; in meinen Adern fließt königliches Blut. Ich bringe dich in das Haus und pflege dich.»

«Wenn ich geheilt bin, führe ich dich als meine Gemahlin in das väterliche Schloß.»

Sie verband ihm die Wunden und half ihm auf das Pferd.

Mittlerweile ritten die falschen Brüder zum Schloß. Am nächsten Morgen wollten sie vor der Versammlung des Hofstaates dem König das gewünschte Buch überreichen. Dieser aber ahnte, was geschehen war, und forderte sie vor den Richterstuhl. Als er sich gesetzt hatte und sie vor ihm knieten, sah er sie zornig an und verkündete: «Ich kann an euerem Antlitz lesen, daß ihr den Bruder niedergestochen habt. Jetzt wollt ihr mir mit blutbefleckten Händen das Buch geben, das mir der Jüngste reinen Herzens überreichen wollte. Ihr seid Knechte des Teufels! Ich verstoße euch!»

Er rief Soldaten. Sie nahmen ihnen das Buch weg, banden sie an Händen und Füßen und warfen sie in ein finsteres Gefängnis.

Nach einigen Wochen waren die Wunden des jüngsten Königssohnes geheilt. Er rüstete sich für die Heimkehr und sattelte sein Pferd. Ein Diener brachte für die Königstochter ein Pferd mit silbernem Geschirr. Sie schwang sich in den Sattel und ritt mit dem Gemahl in sein väterliches Schloß.

Mit Freude und Jubel wurde das junge Paar empfangen. Am anderen Tag rief der König eine Versammlung ein und bestimmte seinen jüngsten Sohn zu seinem Nachfolger.

Der neue König ergriff das Wort: «Vater, vor drei Jahren, bei unserem Abschied, hast du drei Wünsche geäußert. Sie sollen dir erfüllt sein. Das Buch, in dem aufgezeichnet ist, wo der große Schatz ruht, habe ich dem Teufel abgelistet. Damit ist dein erster Wunsch erfüllt. Der zweite lautete: Einer von uns Brüdern sollte eine Jungfrau mitbringen, die würdig ist, neue Königin zu werden. Ich habe sie mitgebracht.

Ohne ihre Hilfe wäre ich nicht hier. Ihr danke ich, daß sich alles so glücklich fügte. Der dritte Wunsch war: Wir Brüder sollten in Eintracht zu dir zurückkehren. Auch dieser Wunsch soll dir erfüllt sein! Vergeben wir den zwei Ältesten ihre Schuld: Sie wußten nicht, was sie taten! Sie sollen wieder in unserer Gemeinschaft leben. Wir übergeben dem einen die Jagd, dem andern den Forst. Ich selber werde des Teufels Schatz zum Segen des Volkes nützen.»

Die Brüder wurden von den Fesseln befreit und zur Versammlung gerufen. So lebten alle hinfort glücklich miteinander.

[1] Rudolf Steiner: «Die Christustat und die widerstrebenden geistigen Mächte Luzifer, Ahriman, Asuras» Zwei Vorträge in Berlin am 1. Januar und am 22. März 1909. Im Selbstverlag der Rudolf Steiner-Nachlaßverwaltung Dornach (Seite 53).

«...Wir wissen, daß die äußere Schicht unserer Erde genannt wird die ‹mineralische Erde› oder ‹mineralische Schicht›, da sie nur solche Stoffe enthält, wie wir sie unter unseren Füßen finden. Das ist die verhältnismäßig dünnste Schicht. Dann beginnt die ‹weiche Erde›. ... Nachdem kommen wir zu der sechsten Schicht, zu der ‹Feuererde›, welche Kräfte als Substanzen in sich enthält, die furchtbar verheerend und zerstörend werden können. Diese Kräfte sind es eigentlich, in welche die Urfeuer hineingebannt worden sind.

In dieser Schicht wirkt materiell im Grunde genommen das Reich des Ahriman, und von dieser Schicht aus wirkt es. Was in den äußeren Naturerscheinungen zutage tritt in Luft und Wasser, in Wolkenbildungen, was als Blitz und Donner erscheint, das ist sozusagen ein letzter Rest – aber ein guter Rest – auf der Erdoberfläche von dem, was an Kräften schon mit dem alten Saturn verbunden war und das sich mit der Sonne abgetrennt hat. Von dem, was in diesen Kräften wirkt, sind die inneren Feuerkräfte der Erde in den Dienst des Ahriman gestellt. Da hat er das Zentrum seines Wirkens; und während seine geistigen Wirkungen in der geschilderten Art zu den Menschenseelen hinziehen und sie zum Irrtum führen, sehen wir, wie er – in einer gewissen Weise gefesselt – im Inneren der Erde gewisse Angriffspunkte seines Wirkens hat. ...»

Der Waldarzt

Ein Märchen

Am Rande eines Dorfes wohnte ein armer Mann mit seiner Frau. Sie hatten ein Töchterlein; weil vor seinem Fenster ein Rosenstock blühte, nannten sie es Roswittchen. Das Mädchen streifte tagsüber im Walde umher und brachte am Abend Pilze und Beeren heim. Davon ernährte es die Eltern.

An einem Morgen sagte die Mutter zu Roswittchen: «Heute nacht ist der Vater krank geworden. Wir haben nicht das Geld, daß wir einen Arzt rufen können. Gehe in den Wald und suche die Kräuterfrau; sie soll dir ein Kräutlein nennen, das den Vater gesund machen wird. Bringe auch etwas zu essen mit: unser letzter Laib Brot ist angeschnitten.»

Roswittchen brach auf; es ging im Frühlicht der Sonne über blumenreiche Fluren und streifte durch grüne Wälder. Es suchte immerfort, fand aber nichts Eßbares, das es heimbringen könnte, auch begegnete ihm die Kräuterfrau nicht.

Die Mittagssonne stand schon am Himmel; traurig wollte Roswittchen umkehren. Doch da hob es die Zweige junger Tannenbäumchen hoch und schlüpfte zwischen ihnen durch. Welch ein Wunder gab es da! Auf einer Blöße stand ein Pilz, der so schön war, wie es im Leben noch nie einen gesehen hatte. Auf einem weißen Stiel trug er einen rotbraunen Hut. Roswittschen dachte, der hilft mir über die Not weg. Eifrig nahm es aus dem Körbchen das Messer, setzte es an die Wurzel und wollte ihn abschneiden. Da hörte es ein Stimmchen: «Lasse mich am Leben! Ich will dir dafür viel mehr geben, als ich dir wert bin.»

Roswittchen legte erschrocken das Messer wieder in das Körbchen.

Der Pilz schüttelte sich und entpuppte sich als Zwerg. Er fragte: «Warum bist du traurig?»

«Du solltest heute abend uns Hungrige speisen. Nun weiß meine Mutter nicht, was sie auf den Tisch bringen soll.»

«Sei ohne Sorge! Ich gebe dir etwas mit, das euch bekömmlicher sein wird als ein Pilzgericht.»

Roswittchen sah, daß da, wo der Zwerg gestanden hatte, eine Höhle in den Boden führte. Er kroch hinein. Nach einer Weile kam er wieder, brachte einen Laib Waldfrüchtebrot und legte es ihr in das Körbchen. Er fragte: «Warum bist du immer noch traurig? Du hast doch jetzt für den Abend das Essen.»

«Mein Vater ist krank. Ich sollte die Kräuterfrau suchen und sie fragen, welches Kräutlein ihn wieder gesund machen könnte. Aber ich kann sie nicht finden.»

«Das ist doch nicht so schlimm», sagte er, «schaue, dort steht ein Pilz: Das ist der Arzt des Waldes! Er saugt aus dem Boden das Gift, damit die Bäume nicht sterben müssen. Er kann auch deinem Vater helfen. Gehe hin und wecke ihn! Er träumt nur.»[1]

Roswittchen sah um: Dort stand ein prächtiger Pilz mit einem roten Hut. Es ging zu ihm hin, wollte ihn aber nicht berühren, weil es wußte, daß er giftig sei. Dann streichelte es ihn aber doch. Auch er schüttelte sich und entpuppte sich als Zwerg.

Er blickte sie gütig an und sagte: «Ich habe im Traume gehört, daß dein Vater krank ist. Weil du lieb zu uns Zwergvolk bist, will ich ihn heilen.»

«Jetzt bin ich nicht mehr traurig; aber wie willst du ihn gesund machen? Er liegt sterbenskrank auf seinem Lager.»

«Gedulde dich! Wir werden dich nach Hause begleiten.»

Auch da, wo er gestanden hatte, war eine Höhle. Beide Zwerge schlüpften unter den Boden. Nach einer Weile erschienen sie wieder. Der Arzt hatte ein purpurrotes Mäntelchen umgelegt; in der Hand hielt er eine Tasche, wie sie die Landärzte tragen. Der andere hatte sich mit einem rotbraunen Mäntelchen geschmückt und trug eine Tasche mit Mineralien und Heilkräutern.

Sie nahmen Roswittchen in die Mitte und marschierten mit ihm nach Hause.

Die Mutter wartete unter der Türe. Sie erschrak, als sie ihr Töchterchen in der Gesellschaft der Zwerge ankommen sah.

Roswittchen eilte auf sie zu, umarmte sie: «Mutter, ich habe einen Arzt mitgebracht, der unseren Vater heilen wird. Auch Brot habe ich in meinem Körbchen.»

«Wenn dem Vater nicht geholfen wird», schluchzte die Mutter, «dann überlebt er die Nacht nicht mehr.»

Roswittchen führte die Zwerge in die Stube: auf dem Bett lag der kranke Vater. Der Arzt setzte sich neben ihn, faßte seine Hände und heilte ihn mit der Kraft seines Wesens, mit der er auch den Wald heilt.

Nach einer Weile schlug der Vater die Augen auf und sagte: «Meine Schmerzen sind weg.» Er wandte sich zum Arzt: «Wer bist du? Mich konnte nur einer gesund machen, der Wunder wirken kann.»

«Gott wirkt in mir, wie er überall in der Natur wirkt. Das mörderische Gift ist jetzt von deinem Körper weggesogen, und mein Kamerad wird dir noch die Heilmittel geben, daß sich die Wunde, die das Gift an dir gefressen hat, wieder schließt. Nach drei Tagen wirst du das Krankenlager wieder verlassen können.»

Der andere Zwerg reichte der Mutter die Heilmittel.

«Was sind wir euch schuldig?» fragte Roswittchen, als es sah, daß die Zwerge wieder aufbrechen wollten.

«Du hast uns geschont», antwortete der Arzt, «und das haben wir dir an deinem Vater vergolten. Du kannst auch andere Kranke herbestellen, damit wir sie heilen.»

«Wie oft werdet ihr zu uns kommen?» wollte das Mädchen wissen.

«Solange es Sommer ist und die Erde schwitzt», sagte der Arzt, «wenn sie friert, müssen wir in unserer Behausung bleiben.»

Sie marschierten in den Wald, kamen jeden Tag wieder und heilten die Kranken. Nur Roswittchen durfte für die Wundertaten Geschenke annehmen.

In einer Spätsommernacht stand eisig der Vollmond am Himmel: im Walde welkten die ersten Pflanzen. An diesem Morgen sagte der Arzt zu Roswittchen: «Heute sind wir das letzte Mal bei dir. Jeder von uns hat dir einen Becher mit Edelsteinen mitgebracht, von deren Wert du dein Leben lang zehren kannst.»

Sie heilten an diesem Tag die letzten Kranken.

Die armen Leute hatten einen bösen Nachbarn. Er war reich, aber krank. Gerne hätte er sich am letzten Tag von den Zwergen heilen las-

sen, aber aus Geiz wollte er Roswittchen nicht beschenken. Am Abend sattelte er sein Pferd, nahm einen Spaten, ritt den Zwergen auf dem Heimweg nach. Er wollte sie erschlagen und in einer Grube verscharren, dachte er doch, in ihren Taschen werde er das finden, wovon er sich gesund machen könnte.

Die Zwerge hatten schon den Waldrand erreicht, da hörten sie Hufschläge nahen. Der Reiche galoppierte auf sie zu und hob den Spaten, um ihnen die Schädel zu spalten. Sie wandten sich um; der Arzt hob den Arm, zeigte mit dem Finger zum Himmel und rief: «Warum verfolgst du uns?»

Ein Strahl der untergehenden Sonne fiel auf des Arztes rotes Mäntelchen, und es leuchtete auf.

Das Pferd erschrak: Es stellte sich auf die Hinterbeine, warf den Reiter ab, zertrampelte ihn und lief davon.

«Kommt, helft mir!» rief der Geizhals zu den Zwergen hin, «ich will euch mein ganzes Geld und Gut geben.»

Sie gingen zur Unglücksstelle: Auf dem Boden, neben dem Sterbenden, kauerte ein gehörnter Teufel und grinste.

Mit letzter Kraft wollte sich der Verzweifelte noch einmal erheben, brach aber tot zusammen. Aus dem Munde entfloh ihm die Seele. Der Teufel packte sie am Schopf und trug sie fort.

Die Zwerge nahmen des Geizigen Spaten, schaufelten eine Grube, legten ihn mitsamt seinem Geld hinein, bedeckten ihn mit Erde und setzten den Weg zu ihrer unterirdischen Behausung fort.

Roswittchen erlebte mit ihren Eltern noch viele glückliche Tage.

[1] Rudolf Steiner: Der Baldur-Mythos und das Karfreitag-Mysterium (Verlag der Rudolf Steiner-Nachlaßverwaltung Dornach 1968, Seite 15).

«Fragen wir uns einmal, was bedeutete es denn in uralten Zeiten, wenn man sagen konnte, sich hinauswendend gegen die Natur: Baldur ist da. – Was bedeutete denn das? Das bedeutete etwas wahrhaftig Reales, etwas, was diejenigen nicht verstehen werden, die da glauben, daß die Menschenbildung eben zu allen Zeiten gewesen ist wie heute. Wenn der Mensch in uralten Zeiten hinausging und auf der Wiese wahrnahm – er konnte es nicht immer, er konnte es nur zu gewissen Zeiten, da wußte er, daß sich ihm da jene belebenden Elementargeister zeigten, von denen ich gesprochen habe. Wie war es denn, wenn der Mensch in gewissen Zeiten diese Elementargeister schauen konnte?

Das war kein bloßes Hinschauen, das war nicht ein bloßes Empfangen eines Gesichtes, sondern das war verbunden mit einem lebendigen Gefühl, mit einer lebendigen Empfindung. Man ging durch die Wälder, man schaute die Geister, die Elementarwesen. Aber man schaute sie nicht bloß, ich möchte sagen, man trank ihr Wesen mit der Seele in sich, man fühlte ihren Hauch als einen geistig-seelischen Erfrischungstrank, man fühlte in sich durch den Ätherleib hineinziehen den Atem, der ausging von den elementarischen Geistern, die man schaute, im Wald und auf der Wiese. Sie machen einen jung – so konnte man empfinden, wenn man des Morgens hinausging und noch das Rückbleibende der Morgendämmerung sie sichtbar machte, die Elementargeister des Waldes und der Wiese. Sie machen einen jung, sie verleihen einem Kraft! Und diese Kraft lebte dann in einem fort. Man war dabei, wenn man verjüngt in der elementarischen Natur war. Man war dabei. Was aber war mit all diesen verjüngenden Kräften geschehen? Aus der äußeren Welt waren sie verschwunden, man konnte nur mehr einen traurigen, halbbewußten Zusammenhang mit ihnen haben. Wo waren sie hingekommen? Sie wirkten weiter, aber sie wirkten gewissermaßen im Unsichtbaren, im Unhörbaren; sie wirkten auf die menschliche Natur so, daß der Mensch mit seinem Bewußtsein nicht mehr dabei war.

Der Satan und der Soldat

Ein Märchen

Ein Soldat hielt auf einem Felsenkamm Wache. Der Morgen war still; plötzlich wurde der Himmel finster: überall zuckten Feuerblitze, Donner rollten, die Erde bebte. Der Soldat glaubte, sein letztes Stündlein habe geschlagen. Da packte ihn jemand am Nacken; er sah sich um: zwei feurige Augen stierten ihn an: «Ich bin der Satan! Der Krieg, der jetzt zu Land, in der Luft und auf dem Meer tobt, ist mein Krieg. Wenn du mein Sachwalter werden willst, wirst du ihn überleben.»

Der Soldat dachte: Lieber übernehme ich eine Aufgabe beim Satan, als jung sterben zu müssen.

«Ich gehe mit dir», sagte er, «schlimmer als dieser Krieg kann die Hölle nicht sein.»

«Folge mir! Aber Waffen aus Stahl darfst du nicht bei dir tragen.»

Der Soldat warf sein Gewehr und seinen Dolch den Felsen hinab, dann folgte er dem Satan abwärts bis zu einer Höhle. Sie war verschlossen. Der Böse öffnete die Türe und sagte: «Hier habe ich drei Tonnen Korn aufbewahrt. Die Vorräte sind für die Hungernden vorgesehen, die den Krieg überleben werden. Wenn ihre Not am größten ist, werde ich mich verkleiden und sie zu dir herauf schicken. Jetzt beginnt deine Aufgabe: Du mußt das Korn an die Hungrigen verteilen! Verteile es aber ungerecht! Die Menschen sollen sich von neuem streiten; ich dulde unter der Bevölkerung der Erde keinen Frieden.»

«Was habe ich für das Korn einzunehmen?»

«Nichts! Ich will kein Geld: ich trachte nach den Seelen.» Er überreichte dem Soldaten ein Buch und sagte: «Trage jeden, der von meiner Speise nimmt, in dieses Buch ein. Ich will mir mit ihm ein Reich aufbauen. In zwei Monaten hole ich das Register ab.»

Er übergab dem Soldaten den Schlüssel zur Höhle und kletterte den Felsen hinab.

Der Soldat verbrachte in der Höhle drei Tage, dann war der schreckliche Krieg aus. Zerstört waren Städte und Dörfer. Er war ringsum das einzige Lebewesen, fühlte sich aber in seiner Haut nicht wohl. Er fand es nicht richtig, dem Vaterland den Rücken gekehrt und sich dem Satan angeschlossen zu haben. Aber was sollte er tun? Auf keinen Fall wollte er dem Satan zu einem Heer verhelfen. Da fiel ihm ein, daß sich der Böse vor Waffen aus Stahl fürchtet. Er nahm einen Sack Korn, trug ihn den Felsen hinunter, ging zum nächsten Dorf und suchte die Schmiede. Sie lag am Wege, war aber halb zerstört. Die Esse und der Amboß standen noch. Eine Frau saß in der Ecke auf einem Stuhl und weinte.

«Wo ist der Schmied?» fragte der Soldat.

«Er ist im Blitzkrieg umgekommen», antwortete sie. «Was willst du?»

«Ich möchte mir ein Schwert schmieden.»

«Wozu ein Schwert? Der Krieg ist aus.»

«Es soll gegen den gerichtet sein, der das Verderben über uns gebracht hat.»

«Dann schmiede es in Gottes Namen!»

«Ich gebe dir einen Sack Korn. Das wird dir aus der ersten Not helfen.»

Der Soldat war ein gelernter Schmied. Er suchte einen Eisenstab, entfachte an der Esse ein Feuer und schmiedete das Schwert. Die Witwe bewunderte ihn. Er nahm von ihr Abschied und ging mit der stählcrncn Waffc zu dcs Satans Höhlc.

Die gewaltige Hungersnot brach an. Der Satan verkleidete sich und schickte die Notleidenden zu seiner Höhle. Der Soldat empfing sie, gab das Korn aus, wog aber christlich, gab jedem das gleiche Gewicht und trug die Namen der Empfänger in das Buch ein.

Nach drei Monaten war das Korn ausgegeben. Pünktlich erschien der Satan.

«Dein Brot habe ich an die Hungernden verteilt», meldete der Soldat. «Die Vorräte sind weg.»

«Ich danke dir für deinen Dienst. Du sollst einen besonderen Lohn dafür haben.»

«Gib mir amtliches Geld!»

«Das nützt dir nichts: ich habe es über den Krieg entwertet. Was ich dir geben will, ist mehr wert als Geld. Es ist reines Gold!»

«Wo hast du das Gold her?»

«Diebe nützten den Krieg. Sie stahlen in der Klosterkirche den heiligen Kelch und die Monstranz. Sie haben den Schatz an der Nordmauer der Friedhofskapelle versteckt. Hole ihn! Zerstampfe Kelch und Monstranz, dann hast du pures Gold.»

«Ich danke dir für den Hinweis! Du hast mich dazu verführt, den Fahneneid zu brechen. Jetzt kann ich vor meinem Herrgott etwas gutmachen: Ich hole die Heiligtümer und gebe sie der Kirche zurück.»

«Das nützt dir nichts! Du bist mit dem Bruch des Eides vom Herrgott abgefallen und mein Knecht geworden. Laß den Schatz liegen und gib mir das Buch, in dem meine anderen Unterworfenen aufgezeichnet sind.»

«Ich stehe in meines Herrgotts Dienst, nicht in deinem. *Fahr zur Hölle!*»[1]

Der Soldat zückte sein Schwert; es blitzte im Sonnenlicht. Der Satan erschrak und stürzte rücklings den Felsen hinunter.

Noch im gleichen Jahr heiratete der Soldat die Witwe des Schmiedes und verlebte mit ihr eine glückliche Zeit. Wenn der Satan in die Gegend kam, machte er um das Haus einen weiten Bogen.

1 Rudolf Steiner: Individuelle Geistwesen und ihr Wirken in der Seele des Menschen (Rudolf Steiner Verlag, Dornach 1974, Seite 93).

«Helfen wird gegen den Einfluß dieser ahrimanischen Wesenheiten nur das Bewußtsein – ich habe das wiederholt angedeutet in den Mysteriendramen, erinnern Sie sich nur an den Schluß des letzten –, daß gegen gewisse Dinge, die Ahriman will, nur das hilft, daß man ihn durchschaut, daß man weiß, daß er da ist». (Wenn man die Teufel erkennt, verlieren sie ihre Macht.)

Der geprellte Teufel

Ein Märchen

Ein Bauer las am späten Abend in seiner Stube in einem alten, zerknitterten Gebetbuch. Mit einem Mal schlug sein Herz höher: zwischen den Zeilen war handschriftlich eingetragen, daß auf dem Acker, östlich des Hofes, ein Schatz vergraben sei. Am nächsten Morgen ging er hinaus, den Schatz zu suchen. Aber, wo sollte er anfangen: der Acker war groß! Er war ratlos. Da sah er den Teufel auf sich zukommen.

«Gestern Abend las ich in einem alten Gebetbuch», sagte er zu ihm, «daß auf diesem Acker ein Schatz vergraben sei. Du spionierst schon ewige Zeit in unserer Gegend herum. Kannst du mir sagen, wo der Schatz liegt?»

«Ja!» antwortete der Teufel, «ich weiß, wo er liegt: im vorigen Jahrhundert stand auf dem Acker ein Apfelbaum; unter dem wurde er vergraben.»

«Zeige mir die Stelle!» bat der Bauer.

«Das kann ich», sagte der Teufel, «aber eine Bedingung ist damit verknüpft.»

«Welche?» fragte der Bauer, «wenn deine Forderung nicht zu hoch ist, gehe ich darauf ein.»

«Du sollst dein Gartenhaus an mich abtreten!» antwortete der Teufel.

Der Bauer meinte: «Bist du alt geworden? Willst du dich in meiner Nachbarschaft zur Ruhe setzen?»

«Nein, so ist es nicht!» entgegnete der Teufel, «ich werde mit jedem Tag rüstiger. Wegen meiner Regsamkeit wenden sich vom Herrgott immer mehr Menschen ab und schließen sich mir an. Um diese Massen ordnen zu können, muß ich öffentlich auftreten. Meine erste Komman-

dostelle möchte ich mir in deinem Gartenhaus einrichten. Sie läge in der Nähe der Stadt.»

«Wer wird zu dir kommen?»

«Meine untergeordneten Teufel und unsere Mittelsleute aus der Stadt.»

Der Bauer dachte, wenn der Teufel diese Gesellschaft beisammen hat, werde ich ihm einen Streich spielen! Er sagte: «Abgemacht! Du zeigst mir den Schatz, und ich trete das Gartenhaus an dich ab. Nur den Speicher möchte ich weiter benützen dürfen.»

«Wenn du dich vor mir nicht fürchtest, kannst du auf ihm treiben, was du willst. Aber, wie ist es mit dem Licht?»

«Die Leitung liegt», antwortete der Bauer, «für Energie mußt du sorgen.»

«Die untere Hälfte der Erde nenne ich mein. Unermeßliche Energieschätze sind darin verborgen. Auf sie stütze ich meine Macht. Was du von mir forderst, ist bescheiden. Gib mir die Schlüssel für das Gartenhaus. Morgen abend werden darin die Lichter brennen.»

«Die Türen stehen offen: du kannst deinen Einzug vorbereiten.»

«Morgen komme ich mit meinen Handwerkern. Alles andere wird sich ergeben. Nun gehe ich mit dir und zeige dir den ersten Schatz.»

Sie gingen über den Acker; er ging voraus, blieb nach fünfzig Schritten stehen und scharrte mit dem Pferdefuß: Funken stieben! Der Bauer grub: nur so tief, daß ihn die Pflugschar nicht hatte schürfen können, lag der Schatz – ein Krug, prall gefüllt mit Goldmünzen!

«Ich habe mein Wort gehalten», sagte der Teufel, «nun mußt auch du deines halten! In der Nacht zum ersten Advent ziehe ich bei dir ein.»

Am andern Tag kam der Teufel mit Material und Handwerkern. Sie richteten seine Kommandostelle ein. Am Abend brannte in der Stube Licht. Der Teufel war zufrieden und ging mit seinen Gesellen wieder weiter.

Als der Bauer sah, daß im Gartenhaus das Licht brannte, nahm er am andern Morgen von dem Goldschatz eine Münze, ging in die Stadt, kaufte einen elektrischen Wecker, der auf die eingestellte Zeit läutete und Licht aufblendete.

Am Tag vor dem ersten Advent trug er den Wecker auf den Speicher des Gartenhauses, verband ihn mit des Teufels Energiequelle und stellte das Wecken auf die Mitternachtsstunde ein. Am Abend ging er zum Hühnerstall, suchte die sechs besten Hähne aus und trug sie auch auf den Speicher.

Vor Mitternacht stellte er sich heimlich unter sein Schlafzimmerfenster und sah zum Gartenhaus. Dunkle Gäste gingen hinein. Im Kommandoraum blitzte Licht auf: der oberste Teufel trat ein und setzte sich an den runden Tisch. Andere Teufel kamen und setzten sich neben ihn. Nun kamen die Mittelsleute aus der Stadt und nahmen Platz. Sie legten ihre Aktenkoffer vor sich hin. Auf dem nahen Kirchturm schlug die Mitternachtsstunde. Zur gleichen Zeit schrillte auf dem Gartenhausspeicher der Wecker; helles Licht erheiterte die Hähne. Sie streckten ihre Hälse und riefen gemeinsam: «Kikeriki!» Der Hahnenschrei brach die Macht der Teufel: sie zuckten zusammen und stürzten in Panik fort, die Mittelsleute hinter ihnen her.

Auf der Haustürschwelle wandte sich der oberste Teufel um und schrie zum Bauern hin: «Undankbarer Menschensohn!»

Der Bauer rief zurück: «Du hast dir einen Dummen gesucht, bist aber an den Unrechten geraten: Gehe in die Stadt und suche dir dort ein Quartier!»

Das Märchen ist aus: Des Teufels Licht brennt weiter und die Hähne krähen immer noch.[1]

[1] Rudolf Steiner: Individuelle Geistwesen und ihr Wirken in der Seele des Menschen. Neun Vorträge, gehalten in St. Gallen, Zürich und Dornach, vom 6. bis 25. November 1917 (Rudolf Steiner Verlag, Dornach, 1974, Seite 204).

«...es muß das Böse bis zu einem gewissen Grade in den Dienst der guten Weltenentwickelung gestellt werden.»

Das Licht über dem Abgrund

Den Teufel spürt das Völkchen nie,
Und wenn er sie beim Kragen hätte.
(Goethe, Faust, erster Teil)

In der Frühe eines trüben Wintertages klopften zwei seltsame Besucher an den Empfangsschalter von Firnhofs Fabrik. Der eine war grün gekleidet und blickte so froh umher, als habe er die Schönheiten der Götterwelt zu verschenken. Der andere trug einen fahlen Umhang und hatte den Hut tief in das abgezehrte Gesicht gezogen. Er sah so böse drein, als wäre er eine Ausgeburt der Hölle.

Der Pförtner öffnete den Schalter, betrachtete die beiden mißtrauisch und fragte: «Was wollt ihr?»

Der Gleißner antwortete: «Wir sind hierher gekommen, um Firnhof vor Probst zu warnen.»

«Weshalb?» fragte der Angestellte.

«Er will Firnhof einen Auftrag überreichen», ergänzte der Fahle, «den er nicht annehmen sollte.»

«Mischt euch nicht in fremde Angelegenheiten!» schimpfte der Pförtner. «Probst sitzt mit dem Auftrag bereits im Wartezimmer. Firnhof wird ihn abholen.»

«Suche einen Vorwand», forderte der Fahle, «und schicke Probst wieder weg! Der Fabrikbesitzer darf sich mit ihm nicht verbinden, sonst greifen außerirdische Mächte in sein Schicksal ein.»

«Du trägst ein bescheidenes Gewand», bemerkte der Pförtner, «aber deine Gedanken sind hintergründig und böse. Mir schaudert vor dir! Auch bei deinem Begleiter stimmt etwas nicht. Verlaßt die Fabrik!»

«Wir gehen erst», entgegnete der Fahle, «wenn Firnhof mit uns eine Vereinbarung getroffen hat.»

«Da kommt ihr an den Unrechten!» behauptete der Pförtner. «Er wird mit euch wunderlichen Käuzen gar nicht verhandeln. Wo kommt ihr her?»

«Jetzt sind wir hier bei dir», antwortete der Gleißner, «aber zur gleichen Zeit sind wir auch tausend Mal woanders. Du hast außer deinen wachen Sinnen auch schlafende. Wenn du sie dir erweckst, wirst du erkennen, wer wir sind und woher wir kommen.»

«Euer verschlüsseltes Gerede begreife ich nicht», setzte sich der Pförtner zur Wehr. «Geht! Sonst binde ich die Wachhunde los!»

Der Gleißner lenkte ein: «Wenn wir wieder bei dir anklopfen, dann sei höflich zu uns! Wir werden dir dafür besonders dankbar sein.»

«Auf eueren Dank verzichte ich allezeit!» entgegnete der Angestellte. «Er könnte so zwielichtig sein wie euer Auftreten.»

Er schlug den Schalter zu und ließ beide stehen.

Sie traten vor die Fabrik, gingen am Zaun entlang bis zu der alten Linde. Hier stellten sie sich auf die Sitzbank, schauten über das Drahtgitter und spionierten, wohin Firnhof seinen Gast führen werde.

Johann Kaspar Firnhof brach seine Büroarbeit ab und ging zur Pforte. Er hatte vor zwölf Jahren seine Fabrik gegründet und für verschiedene Fertigungszweige ausgelegt. Rings umher, an den langgestreckten Hängen und in der weiten Ebene, lagen Höfe, deren Bauern bei ihm die Fahrzeuge und Ackergeräte pflegen ließen. In einer besonderen Halle fertigte er Spezialteile für die Kraftfahrzeugindustrie. Selbst eine Schmiede gehörte zu der Fabrik. Ein Meister stellte darin kunstvolle Schilder, Wappen und Grabkreuze her. Er beschlug auch die Pferde der Bauern mit Eisen.

Firnhof begrüßte im Warteraum den Gast und sagte dann: «Wir gehen in die Schmiede und sprechen mit dem Meister Ihren Auftrag durch.»

«Das ist gut!» bestätigte Probst. Der Besucher strahlte eine besondere Herzlichkeit aus.

Sie gingen über den Fabrikhof: Rechts und links waren geordnet Fahrzeuge und Ackergeräte geparkt. Dann bogen sie in die Straße ein, die den Fabrikhallen entlang zur Schmiede führte. Nebenan stand ein doppelstöckiges Gebäude; in ihm waren die Büros und Firnhofs Wohnung untergebracht.

Sie traten in die Schmiede. Auf der Esse glimmte ein Feuer. An der einen Seite standen eine Werkbank und ein Pult; an den Wänden hingen Zangen, Hämmer, Hufeisen und Werkzeuge aller Art. Am Amboß stand der Schmied: ein Hüne! Unter seinen buschigen Brauen leuchteten zwei gütige Augen. Ein rotblonder Bart schmückte sein Kinn.

«Ich möchte Ihnen unseren Besucher vorstellen», sagte Firnhof, «Probst ist sein Name.»

Der Meister drückte dem freundlichen Mann die Hand: «Mein Name ist Wieland.»

Probst betonte: «Für einen Schmied ein Name mit Tradition!»

«Sie möchten mir ein schmiedeisernes Denkmal in Auftrag geben», sagte Wieland. «Haben Sie eine Zeichnung mitgebracht?»

«Nur eine Skizze!» antwortete Probst. «Sie können sie vervollständigen, wenn ich Ihnen das Erlebnis erzählt habe, das in dem Denkmal verewigt werden soll.»

Probst legte die Zeichnung auf das Pult und erzählte: «Ich hatte einen Freund, mit dem erwarb ich vor zwei Jahren im Gebirge eine Hütte. Sie liegt an der Vegetationsgrenze. Von hier aus stiegen wir vor Tagesanbruch über gewundene Pfade und Geröllfelder zu einem hohen Gipfel. Mit immer neuer Verwunderung erlebten wir da oben den Tagesanbruch. Zunächst strahlte über uns noch das Sternenmeer, dann ging über fernen Alpenspitzen die Sonne auf. In diesem Frühlicht fühlten wir uns glücklich. Am Ostermorgen weilten wir wieder auf dem Gipfel: Plötzlich brach aus dem Innern der Sternenwelt mit Urgewalt ein Lichtstrahl hervor, erweckte in uns etwas, das vorher nie da war: Ein Licht, das fortan in unserem Wesen leuchten sollte.[1] Wir erlebten uns froh, hoch über allem Vergänglichen. Nach einiger Zeit stiegen wir wieder talwärts. Nun verfolgte uns Unheil: Aus unerklärlicher Weise löste sich kurz vor unserer Hütte an der oberen Steilwand ein Felsbrokken und stürzte auf uns zu: Mein Freund wurde in die Tiefe gerissen; ich blieb verschont. Das ist der Anlaß, weshalb ich meinem Freund ein Denkmal setzen möchte. In dem Kunstwerk möchte ich das verewigt sehen, was ich mit meinem Freund vor dem Sonnenaufgang erlebt hatte.»

«Ich kann das eigenartige Erlebnis darstellen», sagte der Schmied, «mir ist in meiner Jugend ähnliches widerfahren: Auch mich traf aus der inneren Himmelswelt ein Lichtstrahl und besiegte in mir und um mich herum Tod und Teufel.»

Auch Firnhof hatte schon ähnliches erlebt, aber er sagte nur: «Wir sind dazu berufen, das Schicksal, das auf uns zukommt, zu meistern.»

Probst sagte: «Ich freue mich, daß ich mit meinem Erlebnis nicht allein dastehe.» Er reichte dem Schmied die Skizze: «Auf dem Blatt habe ich gezeichnet, wie ein Mensch von dem Strahl aus der inneren Himmelswelt getroffen wird. Sie können Ergänzungen nachtragen. Aufstellen lassen möchte ich das Denkmal in der Karwoche.»

Wieland studierte die Skizze und bestätigte: «Ich komme mit der Ausführung und mit dem Termin zurecht. Sie können das Denkmal in der Karwoche bei uns abholen.»

Probst wandte sich an Firnhof: «Ich lade Sie zur Einweihung ein. Sie können, wenn Sie wollen, schon einen Tag vor der religiösen Feier auf der Hütte sein.»

«Ich komme gerne», bedankte sich Firnhof. «Für die Nacht nehme ich mir Lesestoff mit.»

«Das brauchen Sie nicht», entgegnete Probst. «In den Regalen finden sie genug interessante Bücher.»

Er wandte sich an den Schmied: «Sie lade ich für den Sommer auf die Hütte ein; vier Wochen dürfen Sie dort verbringen.»

«Da freue ich mich. Voller Erwartung werde ich in die erlebnisreiche Gegend kommen.»

«Man muß nur Mut haben», erklärte Probst, «die Nächte in der abgelegenen Hütte zu verbringen. Aber ein Schmied hat Mut. Und Sie, Herr Firnhof, auch! Nun möchte ich mich verabschieden: wichtige Geschäfte erwarten mich in der Stadt.»

Er drückte Wieland die Hand und ließ sich von Firnhof zur Pforte bringen.

Wieland breitete die Skizze auf dem Pult aus. Er zeichnete neben dem erleuchteten Menschen zwei gebändigte Teufel ein. Der eine hatte eingezogene Fledermausflügel, der andere war gehörnt und hatte einen Pferdefuß. Die Zeichnung blieb auf dem Pult liegen, während der Schmied erste Vorbereitungen für die Fertigung traf.

Am Abend saß Firnhof in seinem Büro am Schreibtisch. Jemand klopfte an die Türe. Sie ging auf: der Fahle und der Gleißner traten ein.

«Sie sind bei mir nicht angemeldet!» empörte sich der Fabrikbesitzer. «Wer hat Sie durch die Pforte gelassen?» Der Gleißner lächelte: «Sie stand offen, niemand hat uns aufgehalten.»

«Setzen Sie sich dort in der Ecke auf die Bank!» befahl Firnhof.

«Wir sind nicht angeklagt», sagte der Fahle. «Der Angeklagte bist du!»

Sie setzten sich. Firnhof fragte: «Weshalb seid ihr hierher gekommen?»

«Wegen Probsts Auftrag», antwortete der Gleißner. «Das Denkmal darf in deiner Fabrik nicht geschaffen werden.»

«Begründet die Einwände!»

«Es handelt sich nicht um ein gewöhnliches Kunstwerk, sondern um ein besonderes», führte der Fahle aus. «Deshalb sind wir hierher gekommen.» Er blickte Firnhof finster an, als wolle er ihm das Herz zum Erstarren bringen.

«Was soll an dem Denkmal besonderes sein?» fragte Firnhof.

Der Gleißner gestand: «Wir waren über die Mittagspause in der Schmiede und haben die Skizze eingesehen, die Wieland vervollständigt hat. Seinen Nachtrag dulden wir nicht.»

«Was hat er dargestellt?»

Der Fahle antwortete: «Einen erleuchteten Menschen, der zwei Teufel demütigt! So weit darf der Schmied nicht gehen.»

«Eine derartige Darstellung ist nicht neu», entgegnete Firnhof. «Es gibt viele ähnliche in unserer Welt. In keinem Fall hat sich bisher jemand dagegen aufgelehnt.»

Der Gleißner verkündete dem Fabrikbesitzer: «Du stehst an einer Zeitenwende: deine materielle Welt zerbricht; die geistige wird für dich zur Wirklichkeit.»

«Zwei verkleidete Teufel sitzen vor dir», sagte der Fahle. «Deine Widersacher! Ich bin der Satan.[2] Wer mit mir ist, dem verschaffe ich Wohlstand und führe ihn zur Macht. Wer gegen mich ist, dem bereite ich den Tod. Du kannst dich für oder gegen mich entscheiden. Jetzt sitze ich in dieser Verkleidung vor dir. Morgen kann ich in einer anderen als dein Beschützer oder als dein Gegner an beliebigem Ort auftreten.»

Der Gleißner sagte: «Ich komme aus dem geistigen Feuerreich und bringe dem Menschen, wenn er es will, Lust und Freude. Ich bin Luzifer.»

«Verlaßt die Fabrik!» sagte Firnhof. «Ihr habt bei mir nichts zu suchen.»

«Du hast uns herausgefordert», behauptete der Satan. «Einige dich mit uns, dann gehen wir.»

«Weshalb bedrängt ihr mich?»

«Du sollst deinem Meister Schranken setzen!» antwortete Luzifer. «Er darf das geplante Denkmal nicht nach seiner Phantasie fertigen.»

Firnhof entrüstete sich: «Ein Schmied phantasiert nicht; er weiß, was er tut.»[3]

«Das ist um so schlimmer», stellte der Satan fest. «Er soll also aussagen: Christi Licht entzündet die Herzen der Menschen; besiegt sollen Tod und Teufel werden.»

«Das ist jedes aufgeweckten Menschen Ziel», sagte Firnhof. «Ihr Teufel sollt daran nichts ändern!»

«Wir setzen uns zur Wehr!» entgegnete der Satan. «Wer mit Christus ist, der ist gegen uns. Lasse in deiner Fabrik das Denkmal nicht schmieden, sonst werden wir dich bei den Bauern unmöglich machen. Unsere Macht ist größer, als du ahnst.»

«Ich fürchte mich nicht!» sagte Firnhof. «Das Licht soll über euch siegen! Der Schmied wird in seiner Werkstatt Probstens Auftrag ausführen.»

«Wir geben dir einen Aufschub», lenkte Luzifer ein, «deine letzte Entscheidung kannst du in der Karwoche treffen. Sei aber gewarnt: Lasse das Denkmal nicht errichten!»

Firnhof entgegnete: «Erwartet von dem Aufschub nichts! Ich gehe auch in Zukunft meinen Weg, so wie ihr unabänderlich den eueren geht! Zeigt euch nicht mehr in meiner Fabrik!»

Enttäuscht brachen die beiden auf. Am Ausgang wollte sie der Pförtner kontrollieren, aber er unterließ es, weil Luzifer ihm vertrauensvoll zuwinkte.

Am Abend vor der Einweihung des Denkmals saß Firnhof in der einsamen Berghütte und las bei Kerzenlicht in der Bibel. Mit einem Mal überkam ihn ein unheimliches Grauen; er sah auf: Neben ihm in der Kleidung des Jägers stand Luzifer.

«Was willst du?» fragte Firnhof.

«Ich will dir die Zeit verkürzen», antwortete er.

«Wenn du dich mit mir unterhältst, so wird das für dich nützlicher sein als das Studium der Bibel.»

«Du kannst mir das nicht offenbaren, was die Evangelisten an Gutem aussagen.»

«Höre auf mich! Ich bin gekommen, um dir zu helfen. Du ahnst nicht, in welcher Not du bist.»

«Was soll ich tun?»

«Nehme mein Licht in dich auf! Alle Freuden des Himmels und der Erde werden dir zufließen.»

«Eines Teufels Licht ist nicht das wahre Licht!»

«Es kann dich aus deiner Not herausführen. Wenn du mir nicht folgst, kommt der Tod auf dich zu.»

«Ich habe die Kraft, mich gegen Tod und Teufel zu wehren.»

«Unterschätze deine Widersacher nicht!»

Jemand pochte unhöflich an die Türe: In einen fahlen Mantel gehüllt, trat der Satan ein. Er sah sich um und schimpfte über die Heiligenbilder, die an den Wänden hingen.

Wütend setzte er sich Firnhof gegenüber an den Tisch: «Deine Schicksalsstunde ist gekommen. Verbrüdere dich mit uns! Du sollst als ein freier großer Mensch die Hütte verlassen.»

«Du lügst!» entgegnete Firnhof.

«Wieso lüge ich?» fragte der Satan.

«Du verwechselst Freiheit mit Unfreiheit», sagte Firnhof. «Wer sich den Teufeln unterwirft, wird ihr Knecht.»

«Folge mir!» sagte der Satan. «Ich bringe dich an die Macht. Je mächtiger ein Mensch ist, um so freier ist er. Ich bin älter als die Erde und weiß, wie die Kräfte, die den Kosmos und die Erde zusammenhalten, nutzbar gemacht werden können. Ich könnte dich zum Gründer eines neuen Zeitalters machen.»

«Du kannst mir dein Wissen geben», erwiderte Firnhof, «aber ich werde es dem Guten zuführen.»

Der Satan erzürnte: «Du willst uns Teufel demütigen, so wie es Wieland in dem von uns gehaßten Kunstwerk darstellt. Ich will es dir nicht weiter verheimlichen, wer uns auf den irdischen Plan gerufen hat: Es war nicht der Schmied: Du bist der Stein des Anstoßes!»

«Was habe ich euch angetan?» fragte Firnhof.

«Du hast unseren Neid erweckt!» antwortete der Satan. «Ein Strahl der Himmelswelt berührt dich. Du darfst die Götterwelt erleben, aus der wir ausgestoßen worden sind. Und jetzt willst du mein Wissen mit dir verflechten und in die Götterwelt hinauftragen.»[4]

«Darüber bin ich euch keine Rechenschaft schuldig.» Der Satan schimpfte: «Du willst mich für das Gute mißbrauchen. Wenn du weiter so mit mir verfährst, führt das zu deinem Untergang. Verlasse deinen Weg und folge uns!»

«Ich lasse mich von euch nicht entmündigen!» beharrte Firnhof. «Mein Schicksal muß sich zum Guten wenden.»

«Da täuschest du dich!» wandte Luzifer ein. «Dein Untergang ist von uns schon vorbereitet. Wir selber können als außerirdische Wesen nicht Hand an dein Leben legen. Wir bedienen uns Sterblicher: Sie werden dein Blut vergießen.»

«Das werdet ihr nicht zuwege bringen», sagte Firnhof. «Mir kann niemand etwas zur Last legen.»

«Deine Rechnung geht nicht auf!» grinste der Satan. «Wir gehen in die Ebene zurück, suchen vier Höfe auf und unterwerfen uns die Bewohner: Sie werden für uns das tun, was du nicht willst. Die Opfer sind schon ausgesucht: Ich werde in Schafskleidern zu ihnen gehen, ihre Sinne verfinstern und ihnen die Vernunft nehmen. Zunächst lasse ich sie untereinander Unheil anrichten, aber den Schaden, der dabei entsteht, werde ich dir zur Last legen. Du wirst bei ihnen so in Mißkredit kommen, daß sie keinen andern Ausweg mehr sehen, als dich aus ihrer Mitte wegzuschaffen.»

«Sie sind gottgläubig», behauptete Firnhof, «und werden den Wolf im Schafspelz erkennen.»

«Ich werde die Wahrheit entstellen», erwiderte der Satan. «Sie werden nicht mehr wissen können, was sie tun. Ich werde mich ihnen als ihren Beschützer ausgeben und sie so belügen, daß sie Hand an dein Leben legen. Du wirst in ihren Augen ein unrühmliches Ende nehmen müssen.»

Die Teufel brachen auf und gingen hinunter in die Ebene.

Der Einsame schlug das Buch zu, löschte die Kerze und trat vor die Hütte. Am Firmament glänzte das unergründliche Sternenmeer, und der Ostermond goß sein Licht über das weite Gebirge.

Firnhof richtete sich auf: Seiner Seele Licht verband sich mit dem Licht, das aus der inneren Sternenwelt zu ihm herunterfloß. Er empfand, daß im fernen Gottesreich sein Wesen den Ursprung habe und dort für immer seine Heimat sei.

Nach einer Weile ging er wieder in die Hütte zurück, legte sich auf das harte Lager und schlief, bis Probst mit seinen Freunden zur Einweihung des Denkmals das Tal herauf kam.

Am Vormittag klopften die verkleideten Teufel an den Empfangsschalter von Firnhofs Fabrik.

Der Pförtner öffnete und fragte: «Was führt euch wunderliche Käuze wieder hierher?»

«Wir möchten Wieland um eine Gefälligkeit bitten», antwortete der Gleißner. «Melde uns bei ihm!»

«Ihr dürft die Fabrik nicht mehr betreten.»

«Wer hat das angeordnet?» fragte der Fahle.

«Firnhof.»

«Wo ist er?» fragte unschuldig der Gleißner.

«Er fuhr gestern zur Einweihung eines Denkmals in das Gebirge. Heute abend will er wieder zurück sein.»

«So lange können wir nicht warten», log der Gleißner. «Mein Gefährte ist vorhin auf dem Feldweg in einen rostigen Nagel getreten. Er geht durch seine Schuhsohle und sitzt ihm tief im Fleisch. Zeige Nächstenliebe! Lasse uns zu Wieland; er soll mit einer Zange den Nagel ziehen.»

«Ich will euch helfen. Ihr dürft zu Wieland gehen. Aber diesmal muß ich euere Namen in die Besucherliste eintragen. Firnhof ordnete das an. Wie heißt Ihr? Wo ist euer Wohnsitz?»

«Heinrich von der Pforte», log der Gleißner. «Wohnsitz Sonnenberg.»

«Douglas Maurus», log der andere. «Wohnsitz Unterwalden.»

Mißtrauisch trug der Pförtner die Namen in seine Liste ein, meldete am Telefon die Besucher bei Wieland und schickte sie zu ihm. «Geht in Gottes Namen!»

«Wir wandeln immer auf dem Wege unseres Herrn!» heuchelte der Fahle. «Er stehe uns auch jetzt bei!»

Er humpelte neben dem Gleißner in die Fabrik.

Wieland erwartete sie vor seiner Werkstatt. Er sah sie prüfend an und sagte: «Heute bekomme ich hohen Besuch. Womit kann ich den Herren dienen?»

«Erschrecke nicht!» antwortete der Gleißner. «Unser Anliegen ist von einer besonderen Art.»

«Einen Schmied bringt ihr nicht aus der Fassung. Rückt heraus mit der Sprache!»

«Mein Gefährte ist ein Unglückskind!» sagte kleinmütig der Gleißner. «Er ist eine Spottgeburt zwischen Mensch und Tier: Er hat einen Pferdefuß!»

«Das ist eine böse Sache!» meinte der Schmied. «Aber was soll ich daran ändern?»

«Der Huf ist abgelaufen», antwortete der Gleißner. «Wir können unseren Weg nicht mehr fortsetzen. Beschlage ihn mit einem Eisen!»

«Wenn es sonst nichts ist, will ich euch beiden gerne helfen. Tretet ein!»

Wieland ließ ihnen den Vortritt. Der Fahle musterte Hämmer und Zangen, die an der Wand hingen. Er sah ängstlich zur Esse: ein Feuer lohte. Des Gleißners Blick fiel auf die Zeichnung des Denkmals, die noch auf dem Pult lag.

«Setz dich auf den Amboß!» befahl der Schmied dem Fahlen.

Er schwang sich hinauf.

«Einen Fuß links herunter», ordnete Wieland an, «den anderen rechts! Gleich beginne ich mit der Arbeit. Und du, lustiger Geselle, setze dich auf die Werkbank und schaue mir zu.»

Die Gäste nahmen erwartungsvoll ihren angewiesenen Platz ein.

Der Fahle entfernte seinen Tarnschuh: Der Huf wurde sichtbar.

Wieland holte aus der Ecke einen Schraubstock, der auf ein fahrbares Untergestell montiert war, und stellte ihn neben den Amboß. Nun zog er den Pferdefuß nach hinten und spannte ihn zwischen die Bakken.

«Ganz ohne Zwang geht es nicht», entschuldigte sich der Schmied. «Brav stillgehalten!»

«Verpasse mir ein fertiges Eisen!» bat der Fahle. «Ich kann nicht ertragen, wenn du schmiedest und Eisen zu Licht wird.»

«Wenn du diesen Lichtschmerz nicht erträgst», führte der Schmied aus, «so steckt unter deinem Gewand der Satan. Aber warte! Ich werde dir schon helfen.»

Er wandte sich von dem Fahlen ab, trat zur Türe, verriegelte sie, stellte sich mit dem Rücken dagegen und triumphierte: «Die Teufel sind gefangen!»

Die Überlisteten winselten.

Wieland verkündete: «Gleich, wie ihr zu mir hergekommen seid, erkannte ich euch. Du, auf dem Amboß, bist kein mißgebildetes Menschenkind: Du bist der Satan! Ich erkannte dich an dem heimtückischen Gefunkel deiner Augen. Und du, Geselle auf der Werkbank, bist Luzifer. Dich erkannte ich an deinem gleißnerischen Blick.

Er schaute beide durchdringlich an: «Weshalb seid ihr in unsere Fabrik gekommen?»

«Wir wollten deinen Mut auf die Probe stellen», antwortete Luzifer.

«Du lügst!» entgegnete Wieland. «Euere Absicht war, den Bauern sagen zu können: Firnhof hat seinem Schmied den Auftrag gegeben, er solle des Teufels Huf mit Eisen beschlagen, damit er schneller von Hof zu Hof eilen könne, um die unschuldigen Menschen zu plagen.»

«Nehme den Schabernack nicht ernst!» versuchte Luzifer den Schmied zu täuschen. «Wir braven Teufel gehen unseren Aufgaben ebenso nach wie ihr Menschen. Gott hat uns alle für seine Zwecke geschaffen. Zeitweise gehen wir Teufel mit großer Gefolgschaft auf die Straße und beunruhigen die Städter. Ein andermal ist die Landbevölkerung an der Reihe.»

«Das räume ich euch ein», sagte der Schmied. «Aber ich halte euch trotzdem fest, bis Firnhof kommt. Ihr müßt euch bei ihm entschuldigen!»

Der Satan wurde verlegen: «Diesem Sonderling wollen wir nicht begegnen. Lasse uns frei!»

Wieland spottete: «Du bist gefangen wie der Fuchs im Eisen! Warte geduldig!»

Auch Luzifer drängte: «Lasse uns frei! Du darfst drei Wünsche nennen: Wir werden sie dir erfüllen.»

«Darüber können wir reden! Mein erster Wunsch ist: ihr müßt mir, bevor ihr geht, etwas geben, das ebenso viel wert ist wie ihr selber.»

«Das können wir», bestätigte der Satan. «Schneide dir von meinem Huf ein Stück ab; darin ist dann im kleinen enthalten, was ich im großen bin.»

«Damit erfreust du mich!» sagte der Schmied.

Luzifer versprach: «Ich gebe dir für unsere Freiheit ein Glied von einem meiner Fittiche. Darin ist dann enthalten, was ich selber bin.»

Der Schmied sagte: «Auch dein Angebot scheint mir nützlich. Aber wahrscheinlich schmerzt euch das Opfer für immer.» Er ging zum Satan und schnitt sich mit einem krummen Messer ein Stück vom Huf ab. Behutsam legte er den Schatz rechts vom Amboß auf den Klotz. Mit einer Schere trat er vor Luzifer. Der Teufel zog hinter seiner Tarnjacke einen Fittich hervor. Wieland schnitt ein Glied ab und legte es links vom Amboß auf den Klotz.

«Nenne deinen zweiten Wunsch!» stöhnte der Satan.

Wieland schmeichelte ihm: «Du verfügst über mehr Wissen als jeder Schmied der Erde: Lehre mich ein Schwert zu fertigen, vor dem, wenn ich es zücke, du und alle andern Teufel weichen müssen.»

«Du verlangst das Teuerste von mir», keuchte der Satan. «Aber wenn ein Teufel in Not ist, darf er sich selber verkaufen. Nun denn, höre mir zu! Wenn wir die Schmiede verlassen haben, dann nimm von deinen Stahlvorräten eine geeignete Abmessung, lege sie in der Esse Glut. Dann öffne die Fenster. Nehme eine Zange, hole das erhitzte Material aus der Lohe, lege es auf den Amboß. Beim Schmieden muß der Sonne Licht in das glühende Material einfließen. Die Unterpfänder, die wir dir gegeben haben, müssen, so wie jetzt, rechts und links vom Amboß liegen. Das Schwert erhält seinen Zauber, wenn es auf unserem Rücken geschmiedet wird und von der Sonne Licht durchdrungen ist. Was ist der dritte Wunsch?»

«Ihr sollt das Innere unserer Fabrik nicht mehr betreten dürfen!»

«Dieser dritte Wunsch ist dir schon mit dem zweiten erfüllt: Mit deinem Schwert wirst du uns jederzeit vertreiben können.»

«Besser ist, wenn für euch eine Bannlinie gezogen ist.»

«Sie soll rings um die Fabrik gezogen sein! Die drei Wünsche sind dir damit erfüllt. Aber laß uns frei, bevor Firnhof kommt, und verschweige ihm, daß wir da waren.»

«Ihr habt mir einen hohen Preis bezahlt, damit seid ihr wieder frei, und ich will über eueren Besuch schweigen.»

Er ging zum Schraubstock und öffnete die Backen. Der Satan zog den Pferdefuß zurück und schlüpfte wieder in den Tarnschuh.

Der Schmied entriegelte die Türe. Luzifer hüpfte von der Werkbank und wollte unbemerkt die Unterpfänder an sich nehmen. Wieland wandte sich um und drohte mit dem Hammer: «Hände weg! Oder willst du, du Schlingel, noch weiter eingesperrt sein?»

«In deiner Gesellschaft nicht! Laß mich hinaus!»

Sie gingen zum Ausgang.

«Ist die Operation gelungen?» fragte höhnisch der Pförtner, «du humpelst jetzt noch mehr als vorher.»

«Der Schmied ist ein Intrigant! Ich will ihn nicht mehr sehen!» schimpfte der Satan.

«Hat er dich beim Lügen erwischt?» fragte der Pförtner. «Hoffentlich hat er dir ordentlich das Fell gegerbt! Seht zu, daß ihr jetzt so schnell als möglich von hier weg kommt!» Er öffnete das Tor und trieb sie hinaus.

Betroffen von ihrer Niederlage kehrten sie dem Angestellten den Rücken und festigten noch mehr den Entschluß, Firnhof zu verderben.

Sie gingen bis zur Linde, dann bogen sie auf einen Feldweg ein. Bei einem Gebüsch blieben sie stehen. Der Fahle verkroch sich unter den Zweigen und legte seine Verkleidung ab.

Der Gleißner holte aus seiner Rocktasche eine Panflöte. Er blickte zu den Bauern, die ringsum auf den Feldern arbeiteten, und begann auf ihr zu spielen: er spielte eine Melodie von paradiesischer Schönheit und entrückte damit die Sinne der Zuhörer. Sie ließen von ihrer Arbeit ab und sahen zu ihm hin. Plötzlich setzte er auf seinem Instrument einen finsteren Ton an. Aus dem Gebüsch sprang der gehörnte Satan. Der Gleißner spielte wieder seine verführerische Melodie. Der Satan begab sich unterwürfig an seine Seite; sie gingen auf den nahen Wald zu. Mäuse, Ratten und Schlangen verließen ihre Winterverstecke und folgten ihnen nach. Am Wegrand stand ein Feldkreuz. Der schaurige Zug machte einen großen Bogen und zog dann wieder dem Walde zu.

Am letzten Acker setzte der Gleißner seine Flöte ab und verschwand mit dem Satan hinter den Stämmen. Die Tiergefolgschaft zerstreute sich.

Der Gleißner ging zu einer verfallenen Hütte. Hier hatte er sein Quartier aufgeschlagen und allerlei Verkleidungen deponiert. Jetzt schmückte er sich mit Hemd, Hut und Anzug eines verführerischen Spielmannes.

Der Satan hatte in einer finsteren Höhle Unterkunft gefunden. Er verwandelte sich in einen harmlosen biederen Landstreicher. Niemand sollte ahnen, daß hinter dieser Verkleidung ein Satan stecke.

Die geängstigten Bauern sahen immer noch nach dem Walde. Sie konnten sich das übersinnliche Erlebnis nicht erklären. Erst nach einer Weile arbeiteten sie auf ihren Feldern wieder weiter.[5]

Firnhof war von der Einweihung des Denkmals zurückgekommen. Er stellte seinen Wagen in der Garage ab, ging durch die Fabrikpforte in die große Fertigungshalle und dachte darüber nach, was er auf der Berghütte Seltsames erlebt hatte. Es war Feierabend. Die Werktätigen hatten ihre Arbeitsplätze verlassen. Die Maschinen waren stillgesetzt. Dämmerung senkte sich über die gewaltigen Stahlleiber. Überall lag unheimliche Stille. Der Fabrikbesitzer fragte sich: «Ist es ein ehernes Gesetz, daß wenn ein Mensch mit höherem Sinn in Gottes Reich, das von unermeßlicher Schönheit durchflutet ist, schauen darf, er auch den Wesen der unteren Welt begegnen müsse? Weshalb fordern Luzifer und der Satan ihn heraus? Sind sie die Künder einer neuen Zeit? Ja! Der Satan will die alte Weltordnung stürzen und auf seinen Säulen eine neue errichten. Er will die Errungenschaften der Technik für sich behalten und nicht dulden, daß sie der guten Weltenentwicklung zugeführt werden. Mit seinen Mitteln will er die Menschheit vor dem göttlichen Licht abschirmen und sie in seiner Finsternis halten. Daß er das kann, scheint er bei dem Bauernvölkchen unter Beweis stellen zu wollen. Hilft aber den Hofbewohnern bei der Abwehr der Teufel die Frömmigkeit?» Firnhof war bedacht, den Bedrängten zu helfen.

Sinnend ging er zu seinem Büro, las die Geschäftspost und ordnete sie.

Nach dem sonntäglichen Gottesdienst trafen sich die Bauern der umliegenden Höfe im Gasthof neben der Kirche. Sie besprachen untereinander die Neuigkeiten, die sich während der Woche ergeben hatten. Auch heute, am Ostersonntag, trafen sie sich. Während sie an ihren Tischen in eifrige Gespräche verwickelt waren und sich wegen eines neuen Krug Bieres an den Schanktisch zur Wirtin wandten, nahmen sie wahr, daß dort ein gut gekleideter, froher Spielmann stand. Er sah die Versammelten an und sagte: «Da es heute Festtag ist, will ich aussprechen, was mir und auch euch das Herz erfüllt: Wir alle führen hier auf diesem schönen Erdenfleck ein glückliches Leben. Paradiesische Freude erweckt in uns jeder Sonnenaufgang. Ein goldener Morgenstrahl scheucht die Gespenster fort, die uns während der Nacht im Schlaf geplagt haben. Ihr selber herrscht wie kleine Könige auf eigenem Grund und Boden. Niemand vermag euch zu vertreiben. Ich fordere euch auf, mit mir auf euer Glück einen frischen Schluck zu trinken!»

Der Spielmann nahm vom Schanktisch einen vollen Krug und hob ihn, um den Bauern zuzuprosten.

Am hinteren Tisch erhob sich der Älteste und rief: «Unsere Krüge sind leer. Wir lassen uns gerne neue spendieren.»

Der Spielmann setzte seinen Krug wieder ab, sprach feierlich einen lateinischen Vers und verkündete: «Mit der Zauberkraft meines Wesens sind eure Krüge gefüllt worden.» Er hob strahlend seinen Krug und prostete den Bauern zu. Sie prosteten mit und tranken in vollen Zügen den herrlichen Gerstensaft.

Der wundersame Besucher nahm seine Fiedel vom Rücken und spielte eine frohe Volksweise. Die Bauern sangen begeistert mit. Nach einer Weile hing er das Instrument wieder um und prostete den Bauern von neuem zu. Während sie tranken, verschwand er. Nach dem Schluck sahen sie sich wieder nach ihm um und nahmen mit Grauen wahr, daß an seiner Stelle ein ungewöhnlicher Landstreicher stand. Der Fremdling sagte: «Bauern, erschreckt nicht vor mir. Ich bin ein Mensch, wie jeder von euch einer ist. Nur habt ihr eine feste Heimat, ich aber nicht. Unstet wandere ich umher, aber ich kann manches Geheimnis enthüllen, das dem alltäglichen Menschen verborgen bleibt. Nun ist mir aber ein neues Rätsel aufgebürdet worden, über das ich ständig nachgrüble. Auch ihr seid an meinem Erlebnis beteiligt. Ich erzähle es; ihr werdet die Zusammenhänge selber finden.»

Die Bauern horchten auch. Der Landstreicher fuhr fort: «Am letzten Mittwoch saß ich nach langer Wanderung auf der Bank an der Linde bei Firnhofs Fabrik. Weil es in der Karwoche war, las ich in der Bibel. Als frommer Mann trage ich die Heilige Schrift immer bei mir! Während ich andächtig las, störten mich zwei Besucher, die aus der Fabrik kamen und an mir vorbei gingen. Der eine schritt stolz dahin, der andere hinkte. Beim ersten Busch hielten sie. Der Stolze nahm aus seinem Rock eine Flöte und spielte; der andere verkroch sich unter den Zweigen und sprang nach einer Weile als Teufel hervor. Mich schauderte: ich habe in meinem Leben noch nie einen Teufel in eigener Person gesehen! Ich lüge nicht! Ihr ward selber am Erlebnis beteiligt. Heute machte ich mich schon früh auf den Weg, um zu erfahren, ob bei der Osterpredigt euer Pfarrer zu dem Ereignis Stellung nehmen werde. In meinem Aufzug konnte ich nicht in die Kirche hineingehen, aber ich habe durch das Schlüsselloch gehört, was er gepredigt hat. Mit keinem Wort hat er den Auftritt des Teufels erwähnt. Wahrscheinlich hat von euch Gläubigen keiner den Mut gehabt, sein Erlebnis dem Pfarrer zu erzählen. Nun will ich euch sagen, was auf dem kleinen Landflecken vorgeht, der eure Heimat ist. Liebe Zuhörer! Wir stehen an der Schwelle einer neuen Zeit! Hohe und niedere Wesen aus dem Himmel und der Hölle haben schon immer die Erde bewohnt. Sie konnten aber nur von Eingeweihten wahrgenommen werden. Neu ist, daß die Gäste aus dem Jenseits jetzt in weltlichen Verkleidungen unter uns auftreten. Jeder von euch wird sie nun wahrnehmen können; nur ergibt sich die Frage, welche Wesen gut und welche bös sind. Ich allein kann sie mit meinem geübten Blick unterscheiden. Selbstlos will ich euch zur Seite stehen und sagen, ob es gute oder böse Wesen sind, die sich mit eurem Schicksal verstricken wollen. Zunächst werde ich aber nicht rasten, bis ich ergründet habe, warum Firnhof den Gästen aus anderen Welten in seiner Fabrik Unterschlupf gibt. Wenn ich des Fabrikbesitzers Absichten ergründet habe, werde ich sie jedem von euch anvertrauen. Immer will ich in eurer Nähe sein.»

Der Pfarrer trat zur Türe herein; der Landstreicher verschwand durch eine andere.

Ein Bauer faßte Mut, ging zu dem Geistlichen und stotterte: «Hochwürden, ich habe einen Teufel gesehen!»

«Ja!» unterbrach ihn der Pfarrer. «Wenn man zu tief in den sonntäglichen Krug hineinschaut, kann man darin den Teufel sehen.» Er schüttelte sein ergrautes Haupt: seltsamer Gestank witterte ihn an. Er ging wieder zur Türe hinaus.

Die demütigen Bauern hoben noch einmal den Krug; aber jetzt nahmen sie wahr, daß sie im Wahn aus leeren getrunken hatten. Sie gingen, aber keiner ahnte, was das Ostererlebnis für ihn zu bedeuten hatte.

Die Teufel nähern sich dem ersten Hof

Der Bauer Huber schickte am frühen Vormittag seine Tochter Susanne auf den Acker am Berghang, damit sie den Graben einebne, den im März das Schmelzwasser des tauenden Schnees gerissen hatte. In den nächsten Tagen sollte das Saatfeld bestellt werden.

Frühlingssonne erwärmte den Boden. Susanne machte sich an die Arbeit: Mit dem Spaten lockerte sie die aufgeworfene Erde. Plötzlich erklang vom Walde her eine süße Liebesmelodie. Das Mädchen richtete sich auf und sah sich um. Vom Walde her, auf dem Grat des Steilhangs, kam ein fröhlicher Musikant. Er blieb bei ihr stehen und sprach sie an: «Bauerntöchterlein, du bist ein prächtiges Geschöpf. Alle Schönheiten der Jugend zieren dich.»

Susannes Herz schlug höher. Ihre Wangen röteten sich.

Er fragte sie: «Aber warum plagst du dich hier ab? Eine harte Arbeit steht dir nicht zu.»

«Mein Vater hat keine Söhne», antwortete sie schüchtern. «Ich muß ihm auf dem Feld bei jeder Arbeit helfen.»

«Das ist für dich nicht gut», sagte er. «Du bist zu einem besseren Leben berufen.»

«An so etwas habe ich noch nie gedacht.»

Der Spielmann drang mit seinem Feuerblick in sie hinein. Sie wurde hochmütig und stolz.

«Ich will dein Schicksal ändern», schmeichelte er, «aber du mußt mir folgen.»

Mit einem Male bildete sich Susanne ein, sie sei das schönste Mädchen im Lande. Entschlossen sagte sie: «Führe mich von hier weg. Ändere mein Leben. Ich will dir dafür dankbar sein.»

«Lasse die Schaufel und den Spaten auf dem Acker liegen», antwortete er. «Eile zum Hof, lege dein Sonntagskleid an und mache dich auf den Weg zur Stadt.»

«Ich habe niemand, der mich dort aufnehmen könnte.»

«Das lasse meine Sorge sein! Meine Brüder und ich verwalten in der Stadt ein herrliches Anwesen. Du darfst bei uns wohnen.»

«Das nehme ich gerne an», sagte sie freudig, «aber ohne etwas zu tun, kann ich nicht leben.»

«Zunächst wollen meine Brüder und ich deine Schönheit genießen. Du sollst mit uns in einem Paradiese sein! Keiner deiner Wünsche soll dir unerfüllt bleiben. Nach einiger Zeit kannst du in unserem Garten die Rosen und Blumen pflegen.»

«Du mußt mich auf den Weg zur Stadt begleiten. Ich kenne die Straßen nicht.»

«Bis zum Stadtrand mußt du allein gehen. Dort erwartet dich einer von meinen Brüdern.»

«Wie kann ich ihn erkennen?»

«Er trägt die gleiche Kleidung wie ich: eine rote Weste und rote Strümpfe. Auch seinen Hut schmückt eine Birkhahnfeder.»

«Ich komme», versprach sie und wollte ihm die Hand reichen, aber er zog seine zurück.

Sie eilte zum Hof, ging in ihre Kammer, legte das schönste Sonntagskleid an und schmückte ihren Hals mit einem goldenen Kettchen. Ohne Schuldgefühl verließ sie das Elternhaus.

Aber kaum war sie vom Hof weg, stellte sich ihr der Landstreicher in den Weg. Er hielt sie auf und fragte: «Susanne, wo willst du hin? Heute ist Werktag, und du trägst ein Sonntagsgewand. Schämst du dich nicht?»

Er drang mit seinem finsteren, kalten Blick in ihr Herz: es stockte. Der Traum vom Paradies zerrann: Sie war wieder das einfache Bauernmädchen.

Voller Angst beichtete sie dem Fremden: «Ich wollte in die Stadt. Ein Beschützer sollte mich dort aufnehmen.»

«Was wollte er mit dir anfangen?» fragte besorgt der Landstreicher.

«Ich weiß es nicht», antwortete sie.

«Er wollte, daß du sündigst! Wie konntest du glauben, daß dich jemand beschützt, den du nicht kennst? Wo wollte er mit dir zusammentreffen?»

«Am Stadtrand! Nicht er, einer seiner Brüder sollte mich abholen.»

«Woran hättest du ihn erkannt?»

«An seiner roten Weste und an seinen roten Strümpfen.»

«Viele junge Männer tragen solche Kleidungsstücke. Susanne, sei deinem Herrgott dankbar, daß ich dich aufgegriffen habe! Du bist unerfahren und weißt es nicht, daß es ein Teufel ist, der dich auf diesen Weg geschickt hat. Mit deinem Fehltritt wollte er den Hof und deine Eltern ruinieren. Er denkt böse! Sei froh, daß ich dir helfe! Gehe wieder heim! Ich werde niemandem verraten, was du vorhattest.»

Das ahnungslose Mädchen lief zum Hof zurück, ging in die Kammer, setzte sich auf das Bett und weinte.

Der Landstreicher aber lief zu dem Acker, auf dem der Bauer Huber und die Mutter arbeiteten. Sie hatten sich auf den Fahrzeuganhänger gesetzt und frühstückten.

«Ihr habt eine undankbare Tochter!» sagte der Landstreicher.

«Was willst du damit sagen?» fragte erbost der Bauer. «Susanne arbeitet auf unserem Acker am Berghang.»

«Wenn sie das täte», entgegnete der Landstreicher, «dann stünde alles gut. Sie hat aber vor einer Stunde den Acker verlassen, sich zu Hause sonntäglich gekleidet und auf den Weg in die Stadt gemacht. Sie wollte dort ein Leben führen, das gegen Gott gerichtet ist.»

«Das traue ich ihr nicht zu», entrüstete sich der Bauer. «Sie ist christlich erzogen.»

«Ich habe sie, weil ich es gut mir ihr meine, unterwegs abgefangen und wieder heimgeschickt. Guter Mann, setz' dich an das Steuer deiner Zugmaschine, fahre zum Hof! Susanne sitzt, weil ich sie zurechtgewiesen habe, in der Kammer auf dem Bett und weint. Du bist ihr Vater und verpflichtet, sie für ihren Fehltritt hart zu strafen. Nachher soll die Angelegenheit wieder vergessen sein. Niemand darf davon etwas erfahren, auch der Pfarrer nicht. Selbst ich werde mich wohl verhalten und schweigen.»

«Ich danke dir», sagte der Bauer, dem vor Schrecken die Bissen im Halse stecken blieben. «Bewahre weiter vor dem Bösen meinen Hof!»

«Dein ehrbares Geschlecht will ich erhalten helfen», versprach der Landstreicher. «Ich will mein Bestes tun.»

«Du bist unser Helfer!» schluchzte die Bäuerin.

Der Landstreicher erhob die Hand zum Gruß und machte sich davon.

Der Bauer fuhr zum Hof und ging in die Kammer: Susanne saß, sonntäglich gekleidet, auf dem Bett und weinte. In unbändiger Wut schlug er so lange auf sie ein, bis sie zusammenbrach. Er schrie: «Jetzt bist du gestraft für die Schmach, die du dem Hof und den Eltern antun wolltest. Sollte in der Nachbarschaft jemand etwas davon erfahren, so wird das dein Tod sein!»

Er überließ Susanne ihrem Schicksal und redete nicht mehr mit ihr.

Am andern Morgen setzte er sich an das Steuer seiner Zugmaschine und fuhr sie zu Firnhofs Fabrik. Eine Inspektion war fällig.

Auf freiem Felde stellte ihn der Landstreicher.

«Was willst du?» fragte der Bauer.

«Bringe deine Zugmaschine Firnhof nicht zur Pflege! Das könnte dein Tod sein.»

«Ich kann dahin fahren, wohin ich will», trotzte der Bauer.

«Kehr um!» mahnte der Landstreicher. «Der Weg zur Hölle ist für dich nicht mehr weit.»

«Du bist ein sonderbarer Beschützer. Ich höre nicht mehr auf dich. Gehe du deiner Wege und laß mich die meinen gehen!»

«So fahre zu! Im Augenblick der Not wirst du dich an mich erinnern.»

Der Landstreicher ging dem Walde zu. Der Bauer fuhr weiter. Er grübelte, konnte sich aber nicht erklären, weshalb der Fremde sich in sein Leben einmischte.

Er kam zur Fabrik. Der Pförtner wies ihm für die Zugmaschine im Hof einen Platz an.

Zögernd ging der Bauer zum Büro und ließ den Inspektionsauftrag ausstellen. Er konnte aber mit seiner inneren Unruhe nicht fertig werden und ging Rat suchend zu Firnhof.

«Grüß Gott, Herr Huber!» empfing ihn in seinem Zimmer der Fabrikbesitzer. «Führt Sie ein besonderes Anliegen zu mir?»

«Ich habe meine Zugmaschine zur Inspektion hergebracht, ahne aber, daß mir mit ihr hinterher etwas zustoßen könnte. Ich bitte, daß man dem Fahrzeug eine besondere Aufmerksamkeit zuwendet.»

«Beruhigen Sie sich!» sagte Firnhof. «Nach der Inspektion werde ich, was ich sonst bei anderen Fahrzeugen nicht tue, persönlich nachprüfen, ob alle Radmuttern fest angezogen sind. Sie blicken so sorgenvoll drein. Bedrückt Sie auch noch etwas anderes?»

Der Bauer schämte sich, Firnhof etwas von der Begegnung mit dem Landstreicher zu sagen. Er räumte nur ein: «In meiner Familie hat es eine Unstimmigkeit gegeben. Aber das ist schon halb überwunden. Ich brauche darüber mit niemandem zu reden.»

«Wenn Sie in einer besonderen seelischen Not sind», sagte Firnhof, «dürfen Sie immer zu mir kommen. In den nächsten Tagen werde ich Ihrem Hof wieder einen Besuch abstatten.»

«Sie sind unser liebster Gast!» bestätigte der Bauer. «Kommen Sie recht bald zu uns.»

Er verabschiedete sich, brachte den Inspektionsauftrag in die Werkstatt und ging zu Fuß zurück zum Hof.

Unterwegs dachte er über das Erlebnis nach, das er gestern gehabt hatte: es regte sich ihm das Gewissen. Wollte Susanne wirklich aus freiem Willen den Hof verlassen? So wie es von den Eltern erzogen war, hätte sie sich auf den Weg zur Stadt nicht begeben dürfen. Hatte er nicht selbst unter fremdem Willen gehandelt, als er die Tochter schlug? Warum hatte er sie nicht gefragt, wer sie verlockt hatte, in die Stadt zu gehen? Er nahm sich vor, am Sonntag auf dem Weg zur Kirche mit ihr zu sprechen und sich wegen seiner Grobheit bei ihr zu entschuldigen.

Am Abend, als die Dämmerung hereinbrach, ging Susanne hinüber in den Garten, um die Türe des Hühnerstalles zu schließen. Plötzlich stand der Landstreicher vor ihr. Sie wollte vor Schrecken aufschreien, aber der Laut erstickte ihr in der Kehle.

«Außer deinen Eltern und mir», sagte er, «weiß niemand von der Schande, die du dem Hof antun wolltest. Aber anständig, wie ich bin, werde ich darüber schweigen. Nur muß ich dich um eine kleine Gefälligkeit bitten!»

Susanne fand die Sprache wieder: «Mein Vater erschlägt mich, wenn andere Bauern von meinem Weg in die Stadt erfahren. Wenn du mich nicht verrätst, werde ich dir die Gefälligkeit tun.»

«Sie ist nicht groß!» meinte er. «In einer Stunde gehen deine Eltern in die Kirche zur Abendandacht. Dich können sie nicht mitnehmen, weil deine Wangen von des Vaters Schlägen noch blutunterlaufen sind. Wenn du allein bist, mußt du Handschuhe anlegen und in die Garage gehen. Dort steht die Zugmaschine, die vorhin dein Vater von der Inspektion zurückgebracht hat. Nehme aus dem Werkzeugkasten einen Schlüssel, lockere am linken Vorderrad die Befestigungsmuttern und verschließe wieder das Tor! Das ist alles. Ich will deinen Vater nur in Angst versetzen, weil er dich geschlagen hat. Passieren wird nichts!»

«Ich mache es für dich», stotterte sie. «Nur mußt du bei den Bauern meinen Namen unbefleckt lassen! Nie mehr will ich auf einen Teufel hören.»

«Dein Herz ist rein!» schmeichelte der Landstreicher. «Alles ist vergessen. Ich wünsche dir eine gute Nacht!»

Er überließ das arme Menschenkind seinem Schicksal und zog sich zurück in seine Höhle.

Am nächsten Morgen lag über Hubers Hof grauer Himmel. Alles war ruhig: kein Vogel sang. Der Bauer belud seinen Anhänger mit Düngemittel und Saatkorn, holte aus der Garage die Zugmaschine, koppelte den Anhänger an, rief die Bäuerin und Susanne. Sie kamen und setzten sich auf die Saatkornsäcke. Der Bauer fuhr zum Acker am Berghang. Der Weg führte zunächst über ebene Felder. Als er anstieg, beugte sich die Bäuerin zum Fahrer und flehte: «Franz, wende deine Zugmaschine und kehre wieder zum Hof zurück! Ich höre eine Melodie, die nicht von dieser Welt ist; sie sagt mir: wir fahren in den Tod!»

«Komme mir nicht mit Träumereien!» schimpfte der Bauer. «Ich fahre heute so sicher wie immer.»

Sie waren schon nahe dem Acker. Mit einem Male wankte die Zugmaschine und drohte aus der schmalen Bahn zu kommen.

Plötzlich, wie aus dem Inneren der Erde hervorgekrochen, stand vor ihnen der Landstreicher!

Susanne fiel der Mutter um den Hals und schrie: «Der Böse ist wieder da. Helf' uns Gott!»

Das linke Vorderrad wich von der Achse; der Bauer verlor die Herrschaft über die Fahrzeuge, sie stürzten den Steilhang hinab: Die Eltern und die Tochter kamen um das Leben.

Der Landstreicher trat zur Absturzstelle, sah hinunter zu den Toten und murmelte: «Dummer Bauer, so ist dir Recht geschehen! Weshalb hast du dein unschuldiges Kind halb zu Tode geprügelt? Fahr zur Hölle! Anders hast du es nicht verdient! Dort wirst du von meinen Helfern gequält werden. Deine Grobheit sühne ich.»

Er suchte einen Pfad und stieg den Steilhang hinunter.

Fassungslos stand bei den Verunglückten der Bauer Althans vom Wurzerhof. Er fragte den Landstreicher: «Was ist da oben vorgegangen?»

«Schlimmes! Kaum zu glauben!»

«Rede!»

«Ich saß droben auf einem Feldstein und träumte. Plötzlich wachte ich auf und sah mich um: Friedlich kam der Bauer mit seiner Zugmaschine den Hang herauf gefahren; auf dem Anhänger saßen die Mutter und die Tochter. Mit einem Male erhob sich vom Boden ein Teufel und stellte sich in die schmale Fahrbahn. Menschen können den plötzlichen Auftritt einer Schreckgestalt aus einer anderen Welt nicht ertragen. Susanne schrie und bat Gott um Hilfe; aber der Bauer verlor die Herrschaft über die Zugmaschine, sie geriet über den Wegrand, stürzte den Steilhang hinunter, den Anhänger hinter sich herreißend.»

«Gott stehe uns armen Menschen bei!» sagte der Bauer. «Wohin verzog sich der Teufel?»

«In den Wald», log der Landstreicher. «Von dort aus wird er wahrscheinlich andere Höfe heimsuchen. Nachdem ich mich von dem ersten Schrecken erholt hatte, kam mir zum Bewußtsein, daß dieser Teufel der gleiche war, der in der Karwoche mit dem Flötenspieler aus Firnhofs Fabrik kam und mit ihm über das Feld ging.»

«Ich habe damals gedacht, wenn unter uns am hellichten Tag ein Teufel erscheint, bricht eine neue Zeit an.»

«Sie ist angebrochen und gleich mit allem Schrecken! Gäste aus anderen Welten tyrannisieren uns. Auch der Flötenspieler ist ein Teufel.»

«Das stimmt: nur ein Freudenteufel kann die Flöte so schön spielen wie er.»

«Beide kamen aus Firnhofs Fabrik.»

«Ich gehe zum Pfarrer und bitte ihn, daß er mit seiner kirchlichen Macht gegen die Teufel vorgeht.»

«Der Geistliche hat keine Zeit für dich, er muß beten.»

«Wir müssen die Satane wieder loswerden. Kannst du uns helfen?»

«Ihr müßt den vertreiben, der sie an Land gezogen hat. Wenn der verschwindet, sind auch die Teufel wieder weg.»

«Wer führt sie an?»

«Firnhof!»

«Weshalb?»

«Sie sollen die Bewohner der umliegenden Höfe vernichten: Er will auf ihrem Grund und Boden seine Fabrik erweitern! Die Teufel sind in seine Dienste getreten, er hat ihnen seine Seele verschrieben. Sie leisten für ihn ganze Arbeit: Hier liegen die ersten Opfer!»

Der Landstreicher blickte den Bauern finster an: sein Wesen setzte sich in ihm fest.

«Sind wir alle verloren?» fragte der Bauer.

«Auch du stehst auf der Liste. Gezählt sind deine Tage?»

«Gott steh' mir bei!»

«Er wird weder dir noch andern beistehen: Ihr selber müßt gegen Firnhof vorgehen!»

«Uns fehlt ein Anführer.»

«Der bin ich! Mein Urgroßvater war Feldherr. Ich habe, wie er, die Veranlagung, den Gegner zu vernichten.»

«Schließe uns zusammen und führe uns an!»

«Das will ich tun: Aber der Aufruhr muß in aller Stille vorbereitet werden; der Pfarrer und die Bäuerin dürfen nichts erfahren!»

«Was soll ich angeben, wenn man mich nach der Unfallursache frägt?»

«Melde: menschliches Versagen! Das ist wahr, bringe aber mich nicht in das Spiel! Für das Gericht bin ich nicht erreichbar. Ich habe keinen festen Wohnsitz.»

«Wie geht die Verschwörung weiter?»

«Stellt euch gehorsam hinter mich. Einen Eid fordere ich nicht. Warte auf die Stunde, in der ich dich und die andern aufrufe. Dann mußt du aussagen.»

«Ich werde nichts verschweigen!»

«Nun muß ich mich von dir verabschieden und mich anderen Aufgaben zuwenden. Behüte dich Gott! Nehme eine Hand voll heimatlicher Erde und segne die Toten!»

«Auch dich behüte Gott!» sagte der Bauer. «Wir danken dir alle für deinen Dienst.»

Der Landstreicher ging dem Wald zu; der Bauer kümmerte sich um die Toten.

Nacht brach herein. Firnhof ging durch die Fabrikpforte, um entlang seines Anwesens einen Gang zu machen. Aber auf der Bank bei der Linde kauerte der Satan, den fahlen Mantel umgeworfen und den Hut tief in das Gesicht gezogen. Firnhof wollte an ihm vorbeigehen; der Böse erhob sich und sagte: «Bist du zufrieden mit unserer Arbeit? Den ersten Hof haben wir heimgesucht und die Bewohner ausgelöscht.»

«Ich habe euch nicht beauftragt.»

«Du hast uns auf der Berghütte dazu angetrieben!»

«Das ist nicht wahr! Aber wie habt ihr den Unfall zuwege gebracht? Wegen des Fahrzeuges trifft meine Werkstätte keine Schuld.»

«Ich erzähle dir den Hergang, damit du siehst, wie leichtfertig sich die Menschen von uns Teufeln zu einem bösen Spiel antreiben lassen. Es ging so an: Am frühen Morgen arbeitete Susanne auf dem Acker am Berghang. Mein Gefährte stand am Waldrand und spielte auf seinem Instrument eine bezaubernde Melodie von Frühling und Liebe. Susanne wurde aufmerksam. Er nahte sich ihr, durchdrang sie mit seinem Feuerblick und verwandelte ihr Wesen. Sie glaubte, das schönste Mädchen im Lande zu sein. Er erweckte in ihr den Traum vom Paradies, aber auch den Trieb zur sündhaften Lust und den Wunsch für ein neues Leben. Er veranlaßte sie, die Arbeit auf dem Acker abzubrechen, sich auf dem Hof sonntäglich zu kleiden und in die Stadt zu gehen. Wie sie aufgeputzt dahin auf dem Weg war, stellte ich sie und drang mit kaltem Blick in ihr armes Herz. Der Traum vom Paradies zerrann: sie war wieder das einfache Bauernmädchen. Ich redete ihr wie ein Pfarrer in das Gewissen und veranlaßte sie, zum Hof zurückzukehren. Sie ging wieder nach Hause.»

«Du hast an Susanne Gutes getan!» bestätigte Firnhof. «Ein Teufel muß nicht immer ein Teufel sein.»

«Ihre Eltern arbeiteten in der Ebene auf einem Acker», fuhr der Satan fort. «Ich suchte sie auf, erzählte ihnen, Susanne habe die Arbeit auf dem Acker abgebrochen, sich auf dem Hof sonntäglich gekleidet, um in die Stadt zu gehen und ein leichtes Leben zu führen. Ich log ihnen meine Sorge um ihr Kind vor und erzählte, ich habe Susanne auf dem Weg zur Stadt abgefangen, ihr in das Gewissen geredet und sie wieder zurückgeschickt. Nun hetzte ich aber den Bauern gegen seine Tochter auf. Ich riet ihm, den Fehltritt Susannes für sich zu behalten, er solle aber zum Hof fahren und sie so hart strafen, daß sie ein zweites Mal nicht wieder auf böse Gedanken komme. Ich zwang dem ahnungslosen Bauern meinen Willen auf. Er fuhr heim, schlug auf die Tochter, die sonntäglich gekleidet auf dem Bette saß, so lange ein, bis sie zusammenbrach. Hernach fuhr er wieder auf den Acker zurück und arbeitete weiter.»

«Du handelst ohne Güte und Liebe!» sagte Firnhof.

«Diese Gaben habe ich nicht», bestätigte der Satan. «Ich kenne kein Mitleid und sehe nur ein Ziel: die Vernichtung des Menschen! – Am Abend wartete ich hinter dem Hof, bis Susanne in den Garten ging, um den Hühnerstall zu schließen. Ich sprach sie an. Sie erschrak, hörte aber auf mich. Fast heilig gab ich ihr das Versprechen, daß ich sie wegen ihrer Schande bei den Nachbarn nicht verraten werde. Sie fürchtete, der Vater könne sie erschlagen, wenn jemand von ihrem Fehltritt erführe. Nun bat ich sie, daß sie als Gegenleistung für meine Anständigkeit, wenn die Eltern in der Abendandacht seien, Handschuhe anlegen und an der Zugmaschine die Befestigungsmuttern des linken Vorderrrades lockere. Sie führte den Auftrag aus. Am andern Morgen löste sich am Steilhang das Rad, der Bauer verlor die Herrschaft über das Fahrzeug und stürzte samt Anhänger den Hang hinunter. Drei Menschen mußten sterben. Du trägst die Schuld!»

Firnhof entgegnete: «Es geht nicht von mir aus, daß der Bauer und seine Tochter ihre Eigenständigkeit aufgegeben haben, euch Gehör schenkten und Unsinniges unternahmen. Du und dein Gefährte, ihr habt sie verführt. Zieht euch wieder in eure Reiche zurück und laßt dem unschuldigen Völkchen den Frieden!»

«Wir ziehen uns erst dann zurück, wenn wir deinen Widerstand gebrochen haben.»

«Ich wende mich wegen euch Unruhestiftern an die Kirche.»

«Der Pfarrer kann denen, die wir heimsuchen, nicht helfen: Wir machen sie taub; ein erleuchtendes Wort kann nicht mehr in ihre Herzen dringen. Opfere du dich für das Völkchen: verbinde dich mit mir! Wir beide könnten von diesem kleinen Landflecken aus in kurzer Zeit das Antlitz der Erde verändern. Du kämst zu Macht und zu Größe. Meine verkleideten Heerscharen sind über alle Länder verstreut und warten auf meinen Ruf.»

«Ich folge dir nicht! Die Verbundenheit mit dir wäre für mich schlimmer als der Tod. Ich gehe weiter einsam meine Wege und will nicht mehr sein, als der, der ich bin.»

«Sei verdammt! Ich dulde nicht, daß es auf Erden einen Menschen gibt, der Gottes Licht in sich trägt. Auch dein Leben soll nur von dieser Welt sein.»

Der Satan zog sich in seine Höhle zurück. Firnhof ging nachdenklich in seine Fabrik. Hier fühlte er sich vor den bösen Mächten geschützt.

Die Totenglocke läutete. Von nah und fern kamen die Trauergäste zum Begräbnis der Familie Huber. Die Friedhofsmauer konnte die Anteilnehmenden kaum fassen.

Die Särge standen über der Familiengruft. Mit einem Gebet leitete der Pfarrer die Trauerfeier ein. Am oberen Teil des Friedhofes hatte sich Luzifer versteckt. Er begann auf seiner Flöte eine überweltliche, schmerzliche Melodie zu spielen. Jeder vernahm sie, aber keiner wußte, woher sie kam. Der Teufel rührte die Herzen. Frauen und Kinder schluchzten. Selbst Männer, die vom Kriegsgeschehen gehärtet waren, konnten die Tränen nicht zurückhalten. Luzifer spielte feierlich, bis die Särge in die Gruft gesenkt wurden, dann schlug er einen finsteren Ton an.

Auch der Landstreicher war gekommen. Er schlich um die Friedhofsmauer herum und grinste, weil es ihm gelungen war, die Bauern wie in einen Pferch zusammenzubringen. Er studierte seine neuen Opfer.

In gedrückter Gemütsstimmung zogen die Trauernden wieder auf die Höfe zurück. Niemand ahnte, wer als nächster zu Grabe getragen werden sollte.

Die Teufel nähern sich dem zweiten Hof

Marianne saß am Schreibtisch ihres Vaters und arbeitete an der Buchführung des Hofes. Draußen lag das Voralpenland im Glanz der Morgensonne. Das Mädchen wurde mit einem Mal froh und sah sich um: unter der Türe stand Luzifer, gekleidet als Spielmann. Er legte sein Äußeres ab, zeigte sich Marianne in der Gestalt eines leuchtenden Halbgottes und sagte: «Ich bin ein Bote aus der Götterwelt! Fürchte dich nicht vor mir!»

Sie erhob sich freudig und erwiderte: «Du erweckst in mir die Glückseligkeit höchsten Menschendaseins! Nimm mich mit, wohin du auch gehen magst! In der Stube ist es mir zu eng geworden.»

«In mein Götterreich kannst du nicht mit», entgegnete er freundlich, «aber deinen Geist kann ich, so oft du willst, bei mir aufnehmen.»

«Weise mir den Weg! Für dich wage ich alles, auch wenn es mir den Tod brächte. Mein Leben verlief bisher ohne Freude. Jetzt lege ich mein Schicksal in deine Hand.»

«Du erbarmst mich. Ich will dir den Weg weisen, der in mein Reich führt.»

Sie trat vor ihn und flehte: «Hoher Götterbote, hilf mir!»

Er log ihr vor: «In der fernen Türkei wächst eine Pflanze, welche die göttliche Schöpfung mir zugeordnet hat: ihre Blütenfarbe ist meine Farbe. Meine Freunde stellen aus ihrem Samen einen Extrakt her. Dieses Wundermittel mußt du einnehmen, dann wird dein Geist in meine Welt hinauf getragen. Von leuchtender Schönheit wird er da droben umgeben sein. Du wirst Dinge erleben, von denen man auf der Erde kaum träumen kann. Komme zu mir in mein goldenes Reich!»

«Beschaffe mir das Wundermittel! Es kann kosten, was es wolle.»

«Ich kann es dir nicht selbst besorgen, nur meine Vertrauten.»

«In die ferne Türkei kann ich nicht fahren. Das Land ist mir fremd.»

«Du mußt deswegen nicht dahin: das Wundermittel gibt es hier zu kaufen. Setze dich in deines Vaters Wagen und fahre in die Stadt zum Bahnhof. In der Halle, beim Kiosk, wird ein Mann stehen, der eine ausländische Zeitung liest. Gib ihm ein Zeichen! Er wird dir gegen Geld das Wundermittel überreichen.»

«In welchen Mengen soll ich es einnehmen?»

«Je mehr du zu dir nimmst, um so höher steigst du zu mir hinauf. Droben werde ich dich in Glückseligkeit umarmen.»

«Den Augenblick kann ich kaum erwarten.»

«Ich muß wieder von hier weg und andern Freude bringen.»

Der Lügenfürst verneigte sich höflich und ging.

Der Hofbesitzer sah von seinem Acker aus, wie der verkleidete Teufel das Haus verließ. Ein Blitz zuckte in seinen Sinnen auf; aber er ließ sich von der Arbeit nicht abhalten und pflügte weiter.

Marianne schlug das Buchführungsheft zu, griff tief in die Kasse des Vaters, kleidete sich in ihrer Stube um, setzte sich in den Wagen und fuhr frohgemut zur Stadt.

Am Bahnhof fand sie den Händler, erwarb sich den Stoff und fuhr überglücklich zum Hof zurück.

Aber in der Nacht starb sie nach der Einnahme einer Überdosis Rauschgift eines entsetzlichen Todes.

Eine Woche nach dem Begräbnis arbeitete der Bauer auf seinem Akker. Der Tag neigte sich; der schwergeprüfte Mann wollte zum Hof zurück. Aber da kam auf dem schmalen Weg her der Landstreicher und hielt ihn auf.

«Bauer, du weißt, daß ich es gut mir dir meine», leitete der Böse sein Gespräch ein, «wenn du in deiner Not jemand dein Vertrauen schenken willst, so schenke es mir!»

«Es ist gut, daß du mich aufgesucht hast», antwortete der Bauer, «ich möchte gerne mit dir reden und mir dabei das Herz erleichtern.»

Der Landstreicher fragte: «Was war die wirkliche Ursache, weswegen dir deine Tochter so plötzlich durch den Tod entrissen worden ist? Sag es mir! Unter den Bauern wird so manches geredet.»

«Dir will ich es anvertrauen», meinte gutgläubig der Bauer. «Du kommst viel in der Gegend herum und erfährst mehr als wir Einheimischen. Ich stehe vor einem großen Rätsel: Meine Tochter starb an einer Überdosis Rauschgift, niemand weiß, wer sie dazu verleitet hat. Irgend jemand muß an ihrem Tod interessiert gewesen sein. Kannst du mir etwas andeuten? Rede offen! Ich will über deine Äußerungen schweigen.»

«In letzter Zeit zog ich viel in der Gegend umher», führte der Landstreicher aus, «dabei sagte mir eine innere Regung, daß ich deinen Hof besonders bewachen soll. An dem Tag, an welchem Marianne ihr blühendes Leben opfern mußte, sah ich von ferne, wie aus dem rückwärtigen Ausgang von Firnhofs Fabrik ein verkleideter Teufel herauskam und auf deinen Hof zuging. Ich schlich ihm nach, beobachtete, wie er in dein Büro ging und hörte durch das offene Fenster, wie er mit heuchlerischen Worten deine Tochter zu dem Rauschgift verleitete.»

«Gab er es ihr?»

«Nein! Aber er verriet ihr, wo sie es sich in der Stadt beschaffen könne.»

«Ich sah, wie der Teufel den Hof verließ; dabei zuckte mir ein böser Blitz durch die Sinne. Ich hätte den Bösen stellen sollen, aber ich arbeitete ahnungslos weiter.»

«Du hättest bei ihm nichts erreicht. Teufel lassen sich auf Menschen nur ein, wenn es für sie nützlich ist. Ich gebe dir den richtigen Rat: du mußt dich an dem rächen, der den Teufel zu deiner Tochter geschickt hat!»

«Wer hat ihn geschickt?»

«Firnhof!»

«Was wollte er mit dem Tod meiner Tochter erreichen?»

«Er will rings um seine Fabrik herum die Bauerngeschlechter ausrotten, damit er die Höfe übernehmen kann. Er will die alten Gebäude abreißen und auf eurem Grund und Boden seine Fabrik erweitern. Dich traf er besonders hart: Mariannes Seele weilt jetzt in eines Teufels Feuerreich, in das kein Strahl aus der Himmelswelt dringen kann. Sie muß wegen ihrer unverschuldeten Sünde ewig Qualen leiden.»

«Gott sei meiner Tochter gnädig!»

«Der ewige Vater kennt für Rauschgiftsüchtige keine Gnade. Deshalb darf es für Firnhof auch keine geben. Mit dem vergänglichen Teil der Menschen darf er sein böses Spiel treiben, aber mit dem unvergänglichen nicht.»

«Ich werde zum Pfarrer gehen.»

«Der hilft dir nicht! Ihr Bauern müßt selber zupacken und den aus der Welt schaffen, in dessen Dienste die Teufel stehen. Firnhof hat sie zu sich in die Fabrik geholt, ihnen seine Seele verschrieben, damit sie euch verderben. Du und die andern Bauern, ihr habt in der Karwoche gesehen, wie sie am hellichten Tage aus der Pforte kamen und über eure Felder spazierten.»

«Ja, ich habe sie gesehen», bestätigte der Bauer, «ich glaube sogar, daß es der Flötenspieler ist, der bei meiner Tochter war.»

«Ja, der ist es! Du bist aber nicht der erste, den Firnhof schädigen ließ: das Geschlecht der Huberbauern ließ er von den Bösen ganz ausrotten. Nun mußtest du an die Reihe kommen. Er darf nicht noch mehr Unheil anrichten.»

«Dafür bin ich auch.»

Der Landstreicher drang mit seinem finsteren Blick in das Innere des Bauern und machte ihn zu seinem Knecht.

«Oberholzer, du bist einer wie ich», schmeichelte er dem Bauern. «Wir wollen im Leben immer nur das Rechte. Andere Hofbesitzer müssen auch zu uns finden. Jeder Tag ist verloren, an dem Firnhof noch in unserer Mitte weilt. Die Zeit drängt, bald müssen wir Gericht über ihn halten.»

Der Landstreicher sah zu dem Berg, hinter dem die Sonne unterging, und sagte: «Bauer, gehen wir heim! Die Nacht kommt, in der sich jeder vor den Teufeln fürchtet.»

Der Böse ging zu seiner Höhle. Oberholzer wollte das Finstere abschütteln, das sich über sein Wesen gelegt hatte, aber es gelang ihm nicht.

Die Teufel nähern sich dem dritten Hof

Hinter Firnhofs Fabrik lag der Hof des Bauern Moser. Bauer und Bäuerin waren ehrlich und strebsam, wie es zu ihrem Stand gehört, nur blieb die Ehe kinderlos. Beide trugen ihr Schicksal, ohne zu murren. Sie waren Gott ergeben.

An einem schönen Morgen bereitete Else am Herd das Mittagessen zu. Unerwartet klopfte jemand an.

«Herein!» sagte sie.

Ein fröhlicher Musikant trat durch die Türe und ging auf sie zu. Er trug einen grünen Trachtenanzug, eine Birkhahnfeder schmückte seinen spitzen Hut.

Der Bäuerin wurde froh zumute, sie wußte nicht, warum.

«Weshalb kommst du auf unseren Hof?» fragte sie.

«Ich ging schon oft an deinem Garten vorbei und freute mich immer, wenn ich deine schöne Gestalt sah. Heute entschloß ich mich, dich zu begrüßen und dir etwas von deiner Zukunft vorauszusagen: ich ahne, dir steht etwas Besonderes bevor.»

«Das interessiert mich!»

«Zeige mir deine linke Handfläche; aus ihr kann ich lesen, was für dich in den Gestirnen geschrieben steht.»

Voller Erwartung hielt sie ihm die Hand hin.

Er las darin und sagte: «Auf den ersten Blick sehe ich, daß ich dir etwas Frohes verkünden darf. Schau her, du siehst es selber: die gerade Hauptlinie durchschneidet die Querlinie; auf den Schnittpunkt zu bildet sich eine neue Nebenlinie.»

«Was bedeutet das?»

«In neun Monaten wirst du einem gesunden Knäblein das Leben schenken!»

Else zog die Hand zurück, hüpfte und tanzte vor Freude.

«Was soll ich aus Dankbarkeit tun?»

«Reiche deinem Mann gut gewürztes Essen; setze ihm eine doppelte Portion vor! Hole vom Nebenzimmer die Harfe. Wenn du den Bauern vom Felde heimkehren hörst, dann singe Lieder von Jugend und Liebe. Deine goldene Stimme wird sein Herz zu neuer Liebe entflammen.»

«Was kann ich sonst noch Gutes tun?»

«Wenn heute, an deinem Freudentag, ein Bettler auf den Hof kommt, so beschenke ihn reichlich. Er soll frohen Mutes von dannen ziehen.»

Sie legte ihre Schürze ab und sagte: «Du bist besonders liebenswürdig. Bleibe bei mir! Der Bauer arbeitet auf dem Feld. Es wird noch etwas dauern, bis er zurückkommt.»

Der verkleidete Teufel antwortete: «Heute ist meine Zeit sehr bemessen. Ein andermal werde ich gerne eine schöne Stunde mit dir verbringen.»

Mit seinem feurigen Blick erweckte er in der Unwissenden Lebenslust, Hochmut und Verschwendungssucht. Vor Freude wußte sie nicht, was sie anfangen sollte.

Der Teufel überließ sie ihrem Schicksal und zog weiter.

Voller Eifer arbeitete sie am Herd weiter.

Nach einer Weile wurde an der Türe des Hofes geläutet. Die Bäuerin ging hinaus und öffnete: ein Bettler stand vor ihr.

«Was willst du?» fragte sie.

«Vorhin begegnete mir ein flotter Herr und sagte, ich solle mich in meiner Armut an dich wenden. Dir sei für den heutigen Tag Glück beschieden, und du würdest mich reichlich beschenken.»

«Das ist wahr», sagte Else. «Warte, ich komme gleich wieder.»

Sie holte aus der Kasse des Hofes ein Bündel Geldscheine, aus der Speisekammer einen halben Schinken und einen Laib Brot. Gütig reichte sie die Gaben dem Bettler. Der Alte sagte: «Du hast mir armen Mann geholfen. Gott möge dich dafür belohnen!»

«Warte noch einen Augenblick! Ich sehe, du bist für die Jahreszeit zu dürftig bekleidet.»

Sie eilte zum Kleiderschrank des Bauern, holte einen Mantel und reichte ihn dem Bettler. Er schlüpfte hinein und ging frohen Mutes seiner Wege.

Der Bauer hatte am Morgen ein großes Saatfeld bestellt. Er war fertig, ging aber noch einmal den Acker entlang und prüfte, ob alle Saatkörner mit Erde bedeckt waren.

Als er wieder zu der Zugmaschine und zu den Ackergeräten zurückkam, stand dort der Landstreicher und sagte vorwurfsvoll: «Bauer, das, was du säst, erntest und mit dem Wagen in die Scheune hineinfährst, trägt deine Frau wieder in der Schürze hinaus.»

«Geh weiter!» murrte der Bauer. «Du willst mich mit dem alten Sprichwort nur ärgern. Bei mir ist Gott sei dank alles auf das Beste bestellt. Eine sparsamere Frau, als ich sie habe, könnte ich mir nicht vorstellen.»

«Leider Gottes ist es mit der Sparsamkeit deiner Else vorbei!» sagte der verkleidete Teufel. «Laß mich dein guter Beschützer sein! Ich könnte dir viel erzählen.»

Der Bauer wurde aufmerksam und fragte: «Was weißt du von meinem Hof?»

«Wenn du heimfährst, wird dir ein Bettler begegnen, der von deinem Hof kommt. Du wirst ihn erkennen, weil er einen Mantel von dir trägt.

Deine Frau hat das wertvolle Kleidungsstück dem Halunken geschenkt.»

«Wenn er ein Halunke ist, wird er den Mantel gestohlen haben. Unmöglich kann Else ihn verschenkt haben. Heutzutage treibt sich viel Gesindel in unserer Gegend herum.»

«Gott bewahre mich davor, daß ich lüge! Halte den Bettler an: unter dem Mantel verbirgt er auch noch ein Bündel Geldscheine, einen halben Schinken und einen Laib Brot. Alles sind Geschenke deiner Frau.»

Bestürzt sah der Bauer in die Augen des Fremden: ein böser Strahl traf ihn. Er konnte sich nicht dagegen wehren. Dieser Strahl setzte sich in ihm fest: der Bauer wurde zornig, geizig und brutal. Er sagte zu dem Teufel: «Ich danke dir für deine Aufklärung. Hilf mir weiter, wenn ich in Not bin!»

«Das tue ich gerne», antwortete der Landstreicher. «Ich bin gekommen, um euch Bauern zu helfen. Setze dich an das Steuer deiner Zugmaschine! Ich wünsche dir eine gute Heimfahrt!»

Der Teufel ging zu seiner Höhle, und der Bauer fuhr heim. Heftiger Ärger packte ihn; er wußte nicht, warum. Auf der Fahrt begegnete ihm der Bettler: er trug einen seiner Mäntel. Die Bäuerin hatte sich also an seinem persönlichen Eigentum vergriffen. Zornig stieg er von der Zugmaschine und riß dem Bettler den Mantel vom Leibe. Noch böser wurde er, als er unter dem Mantel einen Geldbeutel mit einem Bündel Banknoten, einen halben Schinken und einen Laib Brot fand. Wortlos nahm er dem Armen alles ab und schlug ihn, bis er halbtot zu Boden sank. Die Sachen legte er neben sich auf den Fahrersitz und fuhr weiter.

Vor der Scheune legte er das Fahrzeug still. Er vernahm, daß Else in der Stube Harfe spielte und ein Frühlingslied sang. Ärgerlich packte er die Sachen, die er dem Bettler abgenommen hatte, und legte sie im Hausflur auf einen Stuhl.

Er trat in die Stube: der Tisch war sonntäglich gedeckt, die Speisen dufteten. Auf der Ofenbank saß Else, musizierte und sang. Als sie Hans sah, legte sie das Instrument weg, stand auf und wollte ihn aus voller Liebe umarmen. Er stieß sie aber von sich weg und schimpfte: «Was ist in dich hineingefahren, daß du als Bäuerin am hellichten Tag musizierst und singst?»

«Freude!» antwortete Else. «Sie erfaßt mein ganzes Wesen.»

«Woher kommt die Freude?» fragte Hans.

«Das werde ich dir später sagen. Setze dich zu mir an den Tisch und iß!»

Er setzte sich ihr gegenüber auf den Stuhl und fragte wieder: «Weshalb bist du so froh?»

«Nach neun Monaten werde ich einem gesunden Knäblein das Leben schenken!»

«Halte mich nicht für dumm!» schrie er wütend. «Nach zehnjähriger fruchtloser Ehe willst du mir einen Sohn schenken? Woher hast du dein Wissen?»

«Das Glück steht für mich in den Sternen geschrieben.»

«Was dort droben geschrieben steht, das interessiert mich nicht. Für mich gilt nur das, was auf Erden vorgeht.»

«Hans, teile doch mit mir die Freude! Schau nicht so böse drein! Deinen Blick kann ich kaum mehr ertragen. Plötzlich fürchte ich mich vor dir.»

«Deine Aufmachung paßt nicht in meine Welt», sagte er gemäßigter. «Mit der Harfe und dem Sonntagskleid bereitest du mir Ärger. Musik gehört zu den Festtagen. Nein! Sie gehört überhaupt nicht mehr zu unserem Stand! Wir haben nur noch zu arbeiten. Mein Hof ist über Jahrhunderte durch Fleiß erhalten worden. So muß es fortan bleiben, anderes dulde ich nicht. Merke dir: mein Leben hat die heitere Seite nicht mehr.»

Er hob von der Pfanne den Deckel und blickte prüfend hinein: «Wie kommst du dazu, heute eine doppelte Portion Fleisch zu braten? Hast du vor Freude vergessen, daß du sparen mußt? Von morgen an rechne ich dir jeden Pfennig vor, den du für den Haushalt auszugeben hast.»

«Ich will mich deinem Willen fügen, nur um eines bitte ich: lasse mir meine Freude.»

«Solange sie mich nichts kostet, sollst du sie haben.»

Er prüfte den Braten: «Du hast scharf gewürzt. Wozu das?»

«Gewürze heben die Lebensfreude.»

«Bei mir soll gar nichts mehr gehoben werden», entgegnete Hans böse. «So wie du dir das Leben vorstellst, geht es nicht. Wenn es dir nicht paßt, jage ich dich vom Hofe.»

«Wenn du willst, kann ich gehen. Aber dann wird auf deinem Hof nur noch der Geiz kommandieren. Du wirst kalt dreinschauen wie der Wintermond, unter dessen Licht das Feld und die Fluren erstarren. Niemand wird sich mehr um dich kümmern. Du wirst die Heiligenbilder von der Wand reißen und zertreten. Zerbrich das Instrument, mit dem ich die letzte Freude in deine Stube zauberte! Vernichte alles, was mich bei dir noch halten könnte: ich gehe!»

«Bleibe!» sagte Hans gedemütigt. «Ich will dir sagen, weshalb ich böse geworden bin: du hast einen Mantel von mir an einen Bettler verschenkt.»

«Damit habe ich nichts Unrechtes getan!» erwiderte sie. «Du hast doch Mäntel genug.»

«Du hast dem Bettler auch ein Bündel Geldscheine, einen halben Schinken und einen Laib Brot geschenkt.»

«Hast du dem Bedürftigen die Sachen wieder abgenommen?»

«Natürlich! Eine Tracht Prügel habe ich ihm auch verabreicht. Er wird sein Leben lang daran denken.»

«Schämst du dich nicht, daß du das, was ich aus Güte gegeben, aus Geiz wieder zurückholst.»

«Der Taugenichts hat gesunde Glieder: er muß sich sein Brot nicht von andern verdienen lassen.»

«Hans, du bist ein böser Bauer geworden. Man muß sich vor dir fürchten.»

«Ich muß mein Eigentum erhalten. Wer mich deswegen fürchtet, soll mir fern bleiben. Güte und Musik passen nicht zu mir. Wenn ich dich gewähren ließe, würdest du mich zum Bettler machen.»

Else weinte, aber das kümmerte ihn nicht: «Lachen und Weinen sind des Teufels Gaben!»

Else begehrte auf: «Ein schlimmerer Teufel ist, wer Geiz und Grobheit den Menschen verleiht.»

Hans schob das Essen von sich: «Was übrig ist, muß noch für zwei Tage reichen. Morgen brauchst du nicht kochen, du gehst mit mir zur Arbeit auf das Feld.»

Er holte im Hausflur den Mantel und hängte ihn in den Kleiderschrank. Den Schinken und das Brot trug er in die Speisekammer. Den Geldbeutel legte er auf den Stallfenstersims und verdeckte ihn mit einer Zeitung. Er wollte, daß Else ihn nicht finde. Ärgerlich setzte er sich an das Steuer seiner Zugmaschine und fuhr auf das Feld.

Der verkleidete Luzifer ging über die Fluren und fand den Bettler am Boden liegend, den der Bauer mißhandelt hatte. Er sagte zu ihm: «Komm, geh mit mir! Ich weiß, wo der Bauer deinen Geldbeutel versteckt hat. Mach dich auf die Beine! Ich will dir das Versteck zeigen.»

Der Bettler stand auf und folgte ihm. Vor dem Hof versteckte sich Luzifer hinter einem Baum und wies dem Bettler den Weg zum Versteck. Else arbeitete in der Küche und merkte nichts. Der Bettler fand den Geldbeutel und schlich wieder zum Baum zurück. Aber der Teufel war fort. Er freute sich, weil er das Diebesgut nicht teilen mußte.

Am Abend fuhr der Bauer zurück, fütterte das Vieh und hoffte, der Tag der bösen Überraschungen wäre vorbei. Auf dem Weg zur Küche griff er am Stallfenstersims nach dem Geldbeutel: aber er war weg! Neuer Ärger setzte sich ihn ihm fest.

«Hast du fremde Schritte gehört?» fragte er Else, als er zu ihr an den Herd trat.

«Erwartest du noch Besuch?» fragte sie. «Ich würde mich freuen: Gäste bringen immer eine Bereicherung!»

«Diesmal nicht! Der Geldbeutel ist mir gestohlen worden.»

«Wo hattest du ihn versteckt? Im Haus war niemand.»

«Er lag auf dem Stallfenstersims.»

«Dann geschah dir recht! So leichtsinnig wie du, geht niemand mit dem Geld um. Aber sei froh, daß der Betrag fort ist, es haftet nur Unglück daran.»

«Jetzt schlägst du wieder das Thema von heute vormittag an: Mein Hof und mein Geld bedeuten dir nichts.»

«Gehe in die Stube und speise. Ich setze mich aber nicht mehr neben dich, ich habe Angst vor dir. Ein böser Teufel scheint in dich hinein gefahren zu sein. Sorge dafür, daß er morgen früh beim Erwachen dich nicht wieder knechtet. Ich wünsche dir eine gute Nacht!»

«Laß auch du dich nicht mehr von deinem Teufel knechten! Gute Nacht!»

Am andern Tag arbeitete der Bauer wieder auf dem Feld, und Else saß auf der Küchenbank und strickte.

Durch die halboffene Türe trat der Spielmann ein.

«Else, entschuldige, daß ich heute schon wieder zu dir komme!» sagte er. Seine Augen leuchteten auf.

«Besuche mich, so oft du willst! In deiner Nähe bin ich immer glücklich.»

«So möge es bleiben! Ich möchte dir, wenn du in Not bist, immer helfen. Weshalb hat gestern Hans mit dir gestritten? Ich nahm es wahr, als ich am Hof vorbeiging.»

«Seit einem Tag ist er wie verwandelt. Er ist hart wie Stein und kalt wie Eis. Auch heute morgen war er wieder böse. Jetzt arbeitet er auf dem Feld. Gehe hin zu ihm, schmilz das Eis, das sein Inneres erstarrt! Er soll wie früher wieder gut zu mir sein.»

«Du mußt ihn von deiner Liebe überzeugen, anders ist ihm nicht zu helfen.»

«Wie soll ich das anstellen?»

«Er ist böse, weil er meint, du achtest sein Geschlecht nicht. Du kannst das aber wiedergutmachen.»

«Hilf mir! Ich will dir dankbar sein.»

«Am Sonntag habe ich im Gasthof zufällig gehört, daß in drei Monaten Hans seinen fünfzigsten Geburtstag feiert.» «Soll ich ihm etwas Besonderes stricken?» fragte Else. «Ein Geschenk, das du selber angefertigt hast, würde ihn nicht ansprechen. Du mußt ihm etwas schenken, bei dem er sein altes, ehrbares Geschlecht gepriesen sieht. Da wäre er wieder froh um dich. Ich habe eine besondere Idee: lasse ihm nach einer guten Vorlage sein Sippenwappen schmieden.»

«Wer könnte das Kunstwerk ausführen?» fragte Else. «Es müßte bis zu seinem Geburtstag fertig sein.»

«Wende dich an Wieland», entschied der verkleidete Teufel. «Er würde deinem Mann gegenüber schweigen. Alles muß bis zu dem Geburtstag dein Geheimnis bleiben.»

«Ich weiß nicht, wer du in Wirklichkeit bist», sagte Else, «aber ich bin überzeugt: ein Gott hat dich zu mir gesandt. Herzlich danke ich dir für deine Hilfe!»

«Mit dem Geheimnis wirst du Hans in Entzückung versetzen. Er wird dich wieder in seine Arme schließen. Ich gebe dir dazu den Segen.»

Er schwang seinen Hut und verabschiedete sich. Else begleitete ihn bis vor die Haustüre. Beide winkten sich gegenseitig herzlich zu.

Hans hatte seinen Acker zur Hälfte gepflügt, da eilte der Landstreicher auf ihn zu und sagte: «Bauer, ich bringe dir eine gute Nachricht.»

«Halte mich bei der Arbeit nicht auf! Was hast du zu berichten? Rede! Ich will bis heute Abend den Acker umgepflügt haben.»

«Heute morgen», begann der Landstreicher zu lügen, «ging ich an dem Heustadel vorbei, das in der Nähe deines Hofes bei der alten Fichte steht. Ich hörte, wie jemand darin schnarchte. Innen war es dunkel; ich schlüpfte durch einen Spalt hinein. Auf dem Heu schlief der Bettler, neben ihm lag der Geldbeutel, den er dir gestern gestohlen hatte.»

«Das ist eine Überraschung! Hast du ihm den Geldbeutel abgenommen?»

«Nein!» antwortete der verkleidete Satan. «Aber gerecht, wie ich armer Mann bin, nötigte ich den Dieb, daß er den Geldbeutel wieder dahin bringen müsse, wo er ihn weggenommen hat. Da ich dem Gauner nicht traute, ging ich bis zum Stallfenstersims hinter ihm her. Er legte das gestohlene Gut ab, ich ließ ihn wieder laufen.»

«Ich danke dir für deine Unterstützung!» lobte ihn der Bauer. «Du bist ein ehrlicher, hilfsbereiter Geselle.»

«Moser», wandte der Landstreicher ein, «leider muß ich dir noch eine Nachricht bringen, die nicht so gut ist wie die erste.»

«Eine schlimme?» fragte erschrocken der Bauer.

«Ja! Leider.» log der Satan. «Nachdem der Gauner vom Stall weg war, ging ich zur Vorderseite des Hofes. Nun erlebte ich eine böse Überraschung: Else hatte den Besuch eines jugendlichen feurigen Mannes. Argwöhnisch versuchte ich in die Stube zu schauen. Ich möchte dir nicht wörtlich sagen, was ich da gesehen habe. Aber mein lieber Bauer, ich muß dir verraten: wenn dir nach neun Monaten ein Sohn geboren wird, der nicht von gedrungener Gestalt ist wie du, sondern hohen Wuchses und mit einer schönen Stirne, so weißt du, wer der wirkliche Vater deines Kindes ist.»

«So schlecht die Nachricht ist», keuchte der Bauer, «danke ich dir doch dafür.» Der Landstreicher verzog sich.

Zitternd vor Erregung koppelte der Belogene den Pflug von der Zugmaschine und fuhr mit ihr dem Hofe zu. Noch erregter wurde er, als er von ferne sah, wie sich Else unter der Türe von einem fremden Manne herzlich verabschiedete und ihm nachwinkte.

Zornig trat Hans in die Stube und fragte die verwirrte Else: «Welche Gemeinsamkeiten gibt es zwischen dir und dem Gast, der eben bei dir war?»

«Das bleibt vorerst mein Geheimnis!» antwortete sie.

«Ich kenne es!» sagte Hans. «Enthülle es aber nicht auf meinem Hof, sondern nach neun Monaten auf dem deiner Eltern.»

Sie wollte sich rechtfertigen.

Böse fuhr er sie an: «Ich jage dich für immer von hier weg. Packe deine Sachen und werfe sie auf den Anhänger, der vor der Scheune steht. Ich bringe dich wieder dahin, woher ich dich geholt habe.»

In tiefem Liebesschmerz warf sich Else vor ihres Mannes Füße und flehte: «Hans, tue mir die Schande nicht an! Du weißt nicht, was du tust! Jage mich nicht fort!»

Hans stieß sie von sich weg: «Packe deine Sachen! Ich dulde keine Widerrede, sonst erschlage ich dich.»

Sie suchte ihre persönlichen Sachen zusammen, warf sie auf den Anhänger, setzte sich darauf und weinte. Hans fuhr zu Elses elterlichem Hof, der weitab lag.

Am Wegrand hinter einem Baum stand Luzifer und spielte auf seiner Flöte eine Melodie von Trauer, Liebesschmerz und Spott.

Das Gefährt kam an Elses Elternhof an. Die Unglückliche stieg ab und nahm ihre Sachen zu sich. Hans fuhr weg, ohne sich bei seinen Schwiegereltern sehen zu lassen.

Als der Bauer zu seinem Hof zurückkam, erschrak er: auf der Bank neben der Haustüre saß der Landstreicher. Er erhob sich und sagte: «Moser, als du deine untreue Else wegbrachtest, verschlossest du in Eile die Türen nicht. Ich weiß, was für ein Gesindel sich in der Gegend herumtreibt, deshalb bewachte ich dir den Hof. Du weißt es: ich bin ehrlich und beschütze des Nächsten Eigentum.» «Du bist der hilfsbereiteste Mensch, den ich kenne», bestätigte Hans. «Hilf mir aus meiner Not!»

«Setzen wir uns zusammen!» schmeichelte der Landstreicher. «Ich will dir verraten, wer der ist, der bei deiner Else war.»

Sie setzten sich gemeinsam auf die Bank. Hans sagte: «Nenne mir den Schuft! Ich werde ihn erschlagen!»

«Du kannst deinem Gegner nicht zu nahe treten.»

«Weshalb nicht?»

«Er ist ein Teufel!» antwortete der Landstreicher. «Rufe den Musikanten in deine Erinnerung zurück, der in der Karwoche mit einem andern Teufel aus Firnhofs Fabrik kam. Ist es nicht der gleiche, der bei deiner Else war?»

«Meine Frau hat sich also mit einem Teufel zusammengetan! Wie ist so etwas möglich?»

«In der vorchristlichen Zeit haben sich Götter, wenn Könige als Feldherrn fern der Heimat kämpften, mit deren schönen Gemahlinnen zusammengetan und sie verführt.»

«Ich kenne einen Fall von der Schule her: Herakles hieß der Sohn, den der Göttervater gezeugt hat.»

«Heute sind es keine Götter mehr, die sich in Abwesenheit des Mannes an schöne Frauen heranmachen: Jetzt sind es die Teufel.»

«Herakles hat wie kein anderer das Böse besiegt. Welche Taten wird ein Sprosse des Teufels vollbringen?»

«Er wird, wie Herakles das Böse besiegt hat, überall in der Welt das Gute töten. Große Finsternis wird dieser Höllenfürst den Menschen bringen.»

«So ein luziferischer Teufel, wie der einer ist, der bei Else war, könnte nicht soviel Böses tun, wie du sagst.»

«Es könnte auch der Gehörnte bei ihr gewesen sein», sagte der Landstreicher. «Du hast Else zuviel allein gelassen.»

«Weshalb haben sich die Teufel meinen Hof als Ziel genommen? Else und ich haben früher friedlich zusammen gelebt.»

«Mit dieser Frage habe ich mich auch beschäftigt», sagte der Landstreicher. «Ich habe das Rätsel gelöst: Firnhof steckt hinter allem Bösen; er will seine Fabrik erweitern. Um günstig zu Grund und Boden zu kommen, will er rings um sein Anwesen die Bauerngeschlechter vernichten. Verwaiste Höfe kosten ihn nicht viel Geld. Das Geschlecht des Huberhofes hat er von den Teufeln ganz ausrotten lassen. Dem Bauern Oberholzer ließ er die einzige Tochter nehmen. Jetzt bist du an der Reihe: er weiß, ohne Else kannst du deinen Hof nicht bewirtschaften.»

«Ich werde mein Anwesen unter den Schutz der Kirche stellen.»

«Das nützt dir nichts: dein Hofzaun hat so viele Lücken, daß die Teufel immer wieder durchschlüpfen können. Das Richtige wäre, wenn ihr Bauern euch zusammenschließt und Firnhof des Landes verweist. Wenn er geht, nimmt er die Teufel mit.»

«Kannst du uns gegen den Fabrikbesitzer anführen?»

«Wenn ihr wollt, gerne. Kann ich auf dich bauen?»

«Fest! Du hast mir bisher geholfen, jetzt werde ich hinter dir stehen.»

«Ich werde den Aufruhr gegen Firnhof geheim vorbereiten. Nur die Eingeweihten sollen davon wissen.»

Der Bauer stand auf und sagte: «Gehe jetzt weiter! Es wird Nacht: ich muß das Vieh füttern und mir ein Nachtmahl zubereiten. Nimm mein Gelöbnis gegen Firnhof mit.»

Auch der verkleidete Satan erhob sich und verließ den Hof. Der Bauer fror, er wußte nicht, weshalb.

Die Teufel nähern sich dem vierten Hof

Vor dem Gasthof neben der Kirche stand der Spielmann und hörte, wie in der Wirtsstube die Wirtin mit einem Gast stritt, weil er seine Zeche mit einer gefälschten Banknote bezahlen wollte. Sie trieb den Gauner auf die Straße! Darauf hatte der Spielmann gewartet, er wollte mit dem Betrüger die Heimsuchung des Schwarzenbökhofes einleiten.

Als er die Treppe herunter kam, grüßte ihn der Spielmann und sagte: «Ich habe eben den Streit angehört, den du mit der Wirtin hattest. Sie behauptete, du seist mit gefälschten Scheinen unterwegs. Wieviel hast du?»

«Ein Bündel», antwortete der Betrüger, «das Geld erhielt ich von der Bank. Es kann nicht sein, daß man mich mit unechten Banknoten abfertigte.»

«Dein Märchen kannst du andern erzählen, mir aber nicht. Ich weiß, wo die Presse steht, auf der die Banknoten nachgemacht werden. Aber wenn du willst, so kann ich dir helfen.»

«Du machst auf mich den richtigen Eindruck; ich bin bereit, mit dir zusammenzuarbeiten.»

«Ich unterstütze dich, die gefälschten Scheine in Umlauf zu bringen, ohne daß man dir auf die Spur kommt.»

«Damit kannst du mir einen Dienst tun. Den Gewinn teile ich mit dir, so wie es unter Brüdern üblich ist.»

«Dein Bruder bin ich nicht», sagte der Spielmann, «auch bin ich auf dein Geld nicht angewiesen. Allerdings freue ich mich, wenn betrogen wird. Sofern ich dabei mit im Spiele bin, rupfe ich meine Hühnchen erst, wenn sie keine Federn mehr haben.»

«Du sprichst undurchsichtig. Deine Worte kann ich nicht durchschauen. Lieber ist es mir, wenn du mich im Betrügen und Stehlen unterrichtest.»

«Du hast heute einen guten Tag. Meine Unterstützung wird dir unerwartetes Glück bringen.»

«Ich könnte jauchzen vor Freude.»

Sie waren eine Strecke gegangen, da sagte der Spielmann: «Paß gut auf! Dort beim Bauernhof Schwarzenbök steht ein kleines Häuschen. Der Altbauer, der darin wohnt, hat in seiner Kammer unter dem Kopfkissen seine Ersparnisse versteckt. Während des Tages sind die Türen unverschlossen. Der Alte arbeitet im Garten. Du kannst dich in das Häuschen schleichen und deine gefälschten Banknoten gegen echte eintauschen. Bis der Alte das merkt, bist du längst über alle Berge.»

«Dein Vorschlag ist gut, da habe ich meine Haut nicht zu riskieren.»

Der Gauner schlich unbemerkt in das Häuschen und tauschte zehn gefälschte Banknoten gegen zehn amtliche um.

Beim Spielmann konnte er sich für den Streich nicht bedanken; er war verschwunden.

Peter, der einzige Sohn des Bauern Schwarzenbök, setzte in der Frühe an der Bergwiese den Weidezaun instand. Plötzlich stand der Spielmann neben ihm und sprach ihn an: «Jungbauer, du verrichtest zwischen Felsen und Dornen eine mühselige Arbeit, wird dir das nicht zu dumm?»

«Ich habe meine Hände zum Arbeiten, wie du deine Beine zum Herumstrolchen. Du stiehlst dem Herrgott den Tag ab und läßt andere für dich arbeiten. Wer bist du, daß du mich von der Arbeit abhalten willst?»

«Ich bin einer von den vielen, die gerne an dem Ort sind, wo es spannend zugeht und wo leicht Geld zu verdienen ist. Junger Mann, das solltest du dir auch einmal leisten! Deine guten Jahre laufen ab und du hast nichts von ihnen.»

«Was willst du damit sagen?»

«Ich möchte haben, daß du mit mir in der Stadt die Spielbank besuchst.»

«Bei mir bist du an der verkehrten Adresse: Ich habe beim Spielen kein Glück!»

«Geh mit! Versuch es! Laß mich dein Lehrmeister sein!»

«Ich will kein unverdientes Geld!»

«Man kann sich seine List auch bezahlen lassen. Wenn ich dich mit meinen Fähigkeiten unterweise, so kannst du bei dem Einsatz von zehn Banknoten hundert andere gewinnen.»

«Ich habe kein Geld. Wo soll ich für das erste Spiel zehn Banknoten hernehmen?»

«Ich will dir helfen, daß du ohne Geld zu Geld kommst.»

«Ich traue deinen Zaubersprüchen nicht. Was schlägst du vor?»

«Dein Großvater hat unter dem Kopfkissen seine Ersparnisse liegen. Obenauf liegt ein Bündel mit zehn frisch gedruckten Geldscheinen. Wenn er im Garten arbeitet, holst du sie. Am Wochenende werden wir spielen. Du wirst hundert Scheine gewinnen. Wenn du zu Hause bist, nimmst du zehn davon weg und legst sie unter das Kopfkissen. Das andere gehört dir.»

«Das wäre ganz ehrlich!»

«Du siehst Peter: bei mir gehst du in eine gute Schule. Nur ist wichtig, daß die Scheine, die wir zum Einsatz bringen, die richtigen Nummern haben. Ich kenne die Glückszahlen. Wenn du die Scheine hast, werde ich die Nummern prüfen. Bringe sie morgen um die gleiche Zeit wie jetzt hierher.»

«Ich werde die Scheine holen und dir vorlegen. Jetzt wird für mich alles spannend.»

Luzifer setzte seinen Weg fort; am Nachmittag beschaffte sich Peter bedenkenlos die Banknoten.

Am Tage darauf arbeitete er wieder am Weidenzaun. Auf die Minute erschien der Spielmann.

«Peter, hast du die Scheine mitgebracht?»

«Hier sind sie!» rief freudestrahlend der junge Bauer.

Mißtrauisch nahm der Fremde die Scheine und prüfte sie.

«Die Nummern sind nicht für das Spiel geeignet. Du kannst nicht gewinnen.»

«Dann lasse ich die Finger davon. So ganz fühle ich mich bei der Sache nicht wohl.»

«Peter, so schnell darfst du nicht aufgeben. Vor einigen Tagen war ich auf der Bank. Vor mir war dein Vater am Schalter. Über seine Schultern hinweg habe ich gesehen, wie der Kassier ihm Scheine mit Glücksnummern hinblätterte.»

«Meinem Vater nehme ich kein Geld weg, eher soll mich der Teufel holen.»

«In meiner Gesellschaft wirst du ehrlich bleiben. Nimm diese Scheine und tausche sie in deines Vaters Kasse gegen andere um.»

«Das hielte ich nicht für eine Sünde. Ich tausche die Scheine. Wo kann ich dich vor dem Spiel treffen?»

«Am Eingang um acht Uhr. Kleide dich gut!»

«Ich werde zur Stelle sein.»

Er ging seiner Wege und Peter arbeitete vergnügt weiter.

Vater Schwarzenbök hatte seinen Pferdebestand aufgegeben. Er hielt nur noch zwei feurige Rappen. Weil es am Vormittag regnete, nahm er sie aus dem Stall, spannte sie vor die Droschke und fuhr mit ihnen zum Beschlagen zu Wieland.

«Grüß dich Gott, Bauer!» sagte der Schmied, als Schwarzenbök durch die Türe kam. «Du hast dir den richtigen Tag für das Beschlagen deiner Pferde ausgesucht.»

«So ist es! Bei Regen kann man auf dem Feld nicht viel arbeiten. Zudem müssen die Pferde auch mal wieder einen Auslauf haben.»

«Binde sie vor der Schmiede an die Haken; ich lege die Eisen in das Feuer. Dann werde ich die Hufe richten.»

Der Schmied legte seine Lederschürze an; Schwarzenbök hob die Pferdehufe hoch. Wieland nahm die alten Eisen ab, schnitt die Hufe zurecht und schlug die neuen Eisen auf.

«Das sind stolze Tiere», sagte der Schmied, als er nach der Arbeit die Rappen betrachtete. «Du hast recht, sie zu halten. Ohne Pferde kann man nicht ein Bauer sein.»

«Ich habe meine Freude an ihnen», bestätigte Schwarzenbök. «Wo kann ich bezahlen? Bei dir oder an der Hauptkasse?»

«Gib mir das Geld, ich gebe es nachher im Büro ab.»

Der Bauer zog aus seiner Rocktasche einen Bündel Banknoten und reichte Wieland einen Hunderter.

Mißtrauisch betrachtet ihn der Schmied: «Schwarzenbök, wo hast du diese Blüte her? Bist du unter die Geldfälscher gegangen?»

«Falsches Geld?» sagte betroffen der Bauer. «Das kann nicht sein. Erst vor einigen Tagen habe ich das Geld bei der Bank abgehoben.»

«Zeig mir alle Scheine her, vielleicht ist auch ein echter darunter.»

Der Schmied prüfte die Banknoten: «Du hast mir nur falsche Hunderter gebracht.»

«Gib mir die Scheine her! Ich fahre mit ihnen sofort zu meiner Bank.»

«Das würde ich an deiner Stelle nicht tun. Fahre zu deinem Hof zurück und forsche nach, ob dir jemand das Falschgeld untergeschoben hat. Die Rechnung kannst du bezahlen, wenn du wieder herkommst.»

«Nächste Woche. Bis dahin auf Wiedersehen!»

Schwarzenbök spannte die Rappen vor die Kutsche und fuhr im Galopp heimwärts.

Bei der ersten Wegkreuzung stand der Landstreicher und hielt ihn auf. Die Pferde scheuten vor dem Fremdling und stellten sich auf die Hinterbeine. Schwarzenbök stieg ab und beruhigte sie.

«Bauer, nimm mich mit!» bat der Satan. «Ich habe auf dich gewartet: Ich muß dir etwas Wichtiges sagen. Die Ehre deines Hofes steht auf dem Spiel.»

«Fahre mit! Sie ist bei mir bereits angeschlagen.»

Sie setzten sich auf. Die Rappen trabten unruhig weiter.

«Wenn man vom Schicksal her in der Gegend herumgetrieben wird, erfährt man manches.»

«Welche Neuigkeit hast du? Rücke heraus damit!»

«Was ich weiß, betrifft nur dich. Vor einigen Tagen wollte ich bei der Kirchenwirtin einkehren. An der Treppe hörte ich durch das offene

Fenster, daß sie mit jemand stritt: ein Gast wollte seine Zeche mit einem falschen Hunderter bezahlen. Sie warf ihn kurzerhand hinaus. Ich zog mich etwas zurück, weil es mich interessierte, an welcher Stelle der Gauner jetzt das Falschgeld anbringen wollte.»

«Das interessiert auch mich. Wie geht es weiter?»

«Ein anderer hatte den Streit auch mit angehört.»

«Wer war der andere?»

«Einer von den Teufeln, die bei Firnhof logieren. Es war der, der euch Bauern auf dem Felde mit seinem Flötenspiel bezauberte.»

«Mir ist das gegenwärtig: er wartete am Busch, bis sich sein Gefährte entkleidet hatte. Beide waren aus Firnhofs Fabrik gekommen.»

«Mich überraschte, daß der Flötenspieler sich mit dem Gauner zusammentat und die Straße zog, die zu deinem Hof führt.»

«Das wird für mich immer interessanter.»

«Ich ging unauffällig hinter den beiden her und hörte, daß der Spielmann den Verbrecher nötigte, er solle, wenn der Altbauer arbeitet, in sein Häuschen schleichen, in der Schlafstube unter dem Kopfkissen seine Ersparnisse suchen und ein Bündel falsche Geldscheine gegen amtliche umtauschen. Vor deinem Hof versteckte ich mich hinter einem Baum und beobachtete, wie der Umtausch gelang. Beide zogen sich dann über das Feld nach irgendwohin zurück.»

«Wo könnte ich den Gauner erwischen. Ich möchte ihm das Geld wieder abnehmen.»

«Er ist über alle Berge. Aber zunächst wird es dich interessieren, wie das arglistige Spiel weiter geht.»

«Berichte!»

«Am gleichen Tag arbeitete dein Sohn auf der Bergwiese an einem Weidezaun. Ich saß zufällig in der Nähe und bewunderte seinen Fleiß. Plötzlich kam vom Walde her der Spielmann: ich versteckte mich hinter dem Stamm und konnte hören, wie es im gelang, Peter dazu zu bringen, daß er mit ihm zur Spielbank gehe. Er käme da ohne Arbeit schnell zu viel Geld. Für den ersten Einsatz solle er von den Ersparnissen seines Großvaters ein Bündel Banknoten wegnehmen. Am andern Tag kam der verkleidete Teufel wieder und prüfte die entwendeten Banknoten. Er behauptete, man könne mit ihnen nicht gewinnen, weil die Nummern ungeeignet seien. Peter solle unbemerkt aus des Hofes

Kasse die Banknoten gegen andere eintauschen. Er ließ sich dazu verführen.»

«Die falschen trage ich bei mir», bestätigte der Bauer. «Wieland hat mich darauf aufmerksam gemacht.»

«Die Nummern der amtlichen Banknoten fand der Spielmann zum Spielen geeignet», fuhr der Landstreicher fort. «Er vereinbarte mit Peter für Freitagabend vor der Spielbank einen Treffpunkt.»

«Wenn er aufbrechen sollte, werde ich ihn erschlagen!»

«Tue das nicht! Dein Sohn stürbe eines ungerechten Todes. Du mußt den zur Rechenschaft ziehen, der den Spielteufel zu deinem Sohn geschickt hat. Wenn du feststellst, daß alles zutrifft, was ich dir gesagt habe, will ich dir neue Informationen geben.

Der Satan stieg ab. Schwarzenbök fuhr weiter.

Still lag der Hof. Schwarzenbök hielt vor der Scheune die Pferde an, nahm ihnen das Geschirr ab, führte sie in den Stall. Grübelnd trat er in die Wohnstube.

Die Bäuerin saß allein an dem gedeckten Tisch und blickte erschrokken den Bauern an: «Hermann, in deinem Blick ist etwas Fremdes! Was ist geschehen?»

«Der Schmied hat mich in Harnisch gebracht.»

«Dann muß etwas Besonderes vorliegen. Wieland tut niemand unrecht. Er ist solid. Seine Gesinnung ist von dem Eisen geprägt, mit dem er täglich umgeht.»

«Unter der Schwelle des Alltags vollziehen sich Dinge, die du nicht ahnst. Ich habe einen Gefährten gefunden, der mir Unheimliches offenbart: unserem Hof droht Unglück! Er kann helfen, es abzuwenden.»

«Die Kirche will nicht, daß man sich auf unerklärliche Dinge einläßt. Gott allein schützt unseren Hof. Setze dich her zu mir und sage, was dich bedrückt!»

«Ich darf mit dir nicht darüber reden, auch nicht mit dem Pfarrer.»

«Gehe zu Firnhof oder zu Wieland. Beide haben gesunde Sinne. Sie sollen darüber urteilen, was der Fremde sagte. Mich plagten in den letzten Nächten schreckliche Träume. Du mußt jemand suchen, der uns hilft. Auch unser Peter ist nicht mehr der, der er war. Still! Er kommt zum Essen.»

Peter grüßte freundlich und sprach mit den Eltern das Tischgebet. Schweigend nahm die Familie das Mahl ein.

Am Freitagabend legte Peter in seiner Stube den Sonntagsanzug an. Der Vater überraschte ihn und fragte: «Was hast du vor? Es ist noch nicht Feierabend!»

«Ich muß in die Stadt.»

«Du hast keinen Grund wegzufahren.»

«Du tust mir Gutes, wenn du mich nicht fahren läßt.»

«Willst du dich in der Stadt mit jemand treffen?»

«Ja! Ich habe einem erfahrenen Mann versprochen, daß ich zur Spielbank komme.»

«Will er mit dir spielen?»

«Nein! Er will mich beim Spiel nur beraten.»

«Für die Einsätze benötigt man Geld.»

«Ich habe dem Großvater ein Bündel Banknoten weggenommen. Hier sind sie.»

Der Vater prüfte die Scheine und sagte: «Das Geld ist nicht von des Großvaters Ersparnissen: es ist aus meiner Kasse!»

«Ich habe seine Scheine in deiner Kasse gegen andere eingetauscht. Nach dem Hinweis meines Freundes hätte ich wegen der schlechten Nummern mit Großvaters Banknoten nicht gewinnen können.»

«Weißt du, daß du mir gefälschte Banknoten in die Kasse gelegt hast?»

«Nein!»

«Kennst du den Gesellen näher, der dich zum Spielen verführen will?»

«Ich kenne ihn, weiß aber nicht woher. Er sprach mich auf der Bergwiese an.»

«Entsinne dich! Ist es nicht der Flötenspieler, der damals mit einem Gefährten aus Firnhofs Fabrik kam?»

«Ja! Das ist er!»

«Weißt du, daß beide Teufel sind?»

«Ich wußte es nicht, aber jetzt kann ich mir erklären, daß ich von einem verkleideten Bösen unter Zwang gestellt wurde. Vater! Ich bin dir ewig dankbar, daß du mich aus dem finstern Zwang befreit hast. Jetzt bin ich wieder frei und froh wie früher.»

«Wenn der Fremde dich wieder anspricht, so widersetze dich ihm: mit einem Teufel darf sich der Mensch nicht zusammen tun.»

«Das bleibt für uns alle eine Frage des Schicksals: man weiß nicht, in welcher Verkleidung sich einem die Teufel nahen. Der Gefahr sind wir fortwährend ausgesetzt.»

Peter kleidete sich wieder um und ging mit dem Vater in den Stall. Sie fütterten das Vieh. Peter sang, der Vater fluchte. Haß verfinsterte des Bauern Sinne! Es stimmte, was der Landstreicher über den verkleideten Teufel und seinen Sohn gesagt hatte! Demnach müßte auch wahr sein, daß irgend jemand aus einem bestimmten Grund ihm den einzigen Sohn entreißen will.

Finstere Nacht legte sich über den Hof. Peter ging in das Wohnhaus. Der Bauer räumte noch den Stall auf. Mit einem Male wurden die Pferde und die Kühe unruhig. Schauder lief Schwarzenbök über den Rücken; er sah umher: unter der Türe stand der Landstreicher.

«Bauer, entschuldige meinen späten Besuch!» sagte er. «Ich ging vorbei und sah, daß in dem Stall noch Licht brennt.»

«Du darfst zu jeder Stunde zu mir kommen. Ich bin dir zu Dank verpflichtet: Du hast meinen Sohn vor dem Verderben gerettet! Er ist von des Teufels Zwang befreit.»

«Das wollte ich von dir bestätigt haben; deshalb kam ich zu dir herein.»

«Jetzt mußt du mir noch verraten, wer mir die Stütze meines Hofes nehmen wollte.»

«Du bist ein gottesfürchtiger Mann», sagte der Landstreicher. «Dir vertraue ich an, was ich in den letzten Wochen wahrgenommen habe. Der Feind, der dir deinen Sohn entreißen wollte, ist der gleiche, der dem Bauern Oberholzer seine Tochter weggenommen hat.»

«Wie ging das bei Oberholzer zu?»

«Der gleiche Teufel, der deinen Sohn zur Spielbank zwingen wollte, hat Marianne zum Rauschgift verführt. Sie hat eine Überdosis des gefährlichen Rauschgiftes zu sich genommen und starb eines entsetzlichen Todes.»

«Wer ist der Teuflische, der uns Bauern zugrunde richten möchte?»

«Firnhof!» behauptete der Landstreicher. «Er will die Höfe ruinieren, um auf diesem Boden seine Fabrik erweitern zu können. Er hat kein mitleidendes Herz. Den Teufeln, die er beherbergt, hat er seine Seele verschrieben. Sie nehmen dafür seine Befehle entgegen. Zuerst ließ er die Familie Huber auslöschen. Dabei hatte er sogar persönlich die Hand im Spiel. Der Bauer selber trägt aber auch einen Teil der Schuld: ich habe ihn davor gewarnt, seine Zugmaschine nicht in Firnhofs Werkstätte zu bringen.»

«Der Bauer ging auf dem Heimweg von der Fabrik an meinem Akker vorbei und sagte mir, daß du ihn gewarnt hast.»

«Du siehst, daß ich nicht lüge.»

«Ich glaube dir jetzt alles, was du sagst. Was ist in Wirklichkeit geschehen?»

Der Landstreicher log weiter: «Am Abend, als nach der Inspektion Hubers Zugmaschine zum Abholen bereit stand, spionierte ich über den Zaun und sah, wie Firnhof mit einem Schraubenschlüssel am linken Vorderrad die Befestigungsmuttern lockerte. Der Bauer merkte es zu spät. Aber das ist noch nicht alles Böse, was Firnhof angerichtet hat: er schickte den gehörnten Teufel zum Acker am Berghang. Der Satan legte sich auf den Boden; als der Bauer mit seiner Zugmaschine den Berg herauffuhr und wegen des gelockerten Vorderrades die Steuerung nicht mehr funktionierte, richtete sich der Satan auf. Vor Schreck verlor der Bauer die Herrschaft über das Fahrzeug. Susanne rief Gott um Hilfe. Aber alles war zu spät: Zugmaschine und Anhänger kamen aus der Fahrbahn; sie stürzten den Steilhang hinunter. Ich saß zufällig oben auf einem Stein, konnte aber von der Familie das Schicksal nicht abwenden. Gott segne die früh Verstorbenen!»

«Firnhof ist unmenschlich.»

«In deinem Falle ist ihm sein Plan nicht gelungen: wir haben deinen Sohn dem Spielteufel entrissen; er bleibt weiter die Stütze deines Hofes!»

«Du bist von Gott gesandt! Erlöse uns von dem Bösen! Aber gehe jetzt weiter, mein Vieh braucht die Nachtruhe!»

«Lebe wohl, Bauer! Wir sehen uns bald wieder an einer anderen Stelle.» Er ging. Schwarzenbök löschte die Lichter. Auf seinem Lager verbrachte er eine unruhige, schlaflose Nacht.

Das Gewitter

Der Einödbauer pflügte am Nachmittag in der Ebene einen Acker. Im Westen zogen dunkle Gewitterwolken auf, Donner rollten. Er brach die Arbeit ab und koppelte den Pflug von der Zugmaschine. Der Landstreicher, der bisher auf einem Stein gesessen und ihm zugeschaut hatte, ging zu ihm hin und fragte: «Bauer, warum pflügst du dein Feld nicht fertig?»

«Das Gewitter kommt näher, ich fürchte mich.»

«Der Sturm wird es in das Gebirge jagen. Mache deine Arbeit weiter! Wenn ein kleiner Regen kommt, tut er dir und den Saaten gut. Pflüge weiter! Denke an deine Frau und an deine vier Kinder, die du zu ernähren hast. Richtige Bauern haben keine Angst. Ich bleibe bei dir, bete und beschütze dich.»

Der Bauer koppelte den Pflug an und pflügte weiter. Aber als er am Ende des Ackers wendete, zuckte aus den Wolken ein Blitzstrahl und erschlug ihn. Leblos fiel er von der Zugmaschine.

Der Satan hinkte zu ihm, zog seinen Tarnschuh aus, stieß mit dem Pferdefuß die Leiche und spottete: «Dummer Bauer, ich habe dich vorhin an deine Frau und an deine Kinder erinnert. Warum hast du auf einen unbekannten Fremden gehört? Schäme dich!»

Nun drückte er seinen Teufelshuf in die Erde, hinterließ seine Spur und lief schnell dem Walde zu.

Finstere Gewitternacht brach herein. Gewaltiger Sturm riß in die Wälder Schneisen, entwurzelte in der Ebene die Bäume und deckte der Bauernhöfe Dächer ab. Ziegel und abgerissene Baumzweige wirbelten durch die Luft. Nun entlud sich das Gewitter: Hagelkörner verwandelten die grünen Fluren in ein weißes Feld. Nach einer Stunde legte sich das Gewitter. Der Wolkenschleier zerriß: es schien wieder die Sonne.

Die Bauern gingen auf die Felder, um zu sehen, welchen Schaden das Unwetter angerichtet hatte: Bäume lagen entwurzelt auf den Äkkern, Saaten waren weggeschwemmt, Wege und Weiden von den Sturzbächen aufgerissen.

Schwarzenbök fuhr mit seinem Pferdegespann zu seinem unteren Acker. Er kam an des Einödbauern Feld vorbei und fand den Toten.

Er stieg von der Droschke, trat zu dem Erschlagenen, lüftete seinen Hut, kniete nieder und sprach ein Gebet.

Vom Walde her kam der Landstreicher, er kniete auch nieder, zog aus der Hosentasche einen Rosenkranz, zupfte an den Perlen und murmelte Worte, als ob er bete.

Schwarzenbök bewunderte die Anteilnahme des Fremden. Der verkleidete Satan stand auf und sagte: «Ich ging über das Feld und sah, wie das Gewitter aufzog. Der Einödbauer merkte nichts. Ich lief zu ihm hin und warnte ihn vor der aufziehenden Gefahr. Er hörte nicht auf mich und pflügte weiter. Vor Angst flüchtete ich in den Wald, um Schutz zu suchen, sah mich aber noch einmal um. Nun bot sich mir ein schreckliches Bild: Bei finsteren Unwettern und bei Erdbeben wagen sich die Teufel aus ihrem Unterschlupf und gehen einträchtig neben den Menschen her. Aus Firnhofs Anwesen kam der Gehörnte und ging auf des Einödbauern Acker zu. Ich fürchtete Schlimmes: Teufel haben Macht über die Elemente. Warnend rief ich dem Bauern zu; aber schon zuckte aus den Wolken ein Blitz und erschlug ihn. Der Fabrikbesitzer ist schuld an seinem Tod. Er hat den Teufel auf den Acker geschickt. Nun kommt aber das Gemeine: der Satan stieß mit seinem Pferdefuß die Leiche und schändete sie.»

Unter magischem Zwang schaute Schwarzenbök auf den Ackerboden: «Du lügst nicht: hier sind die Hufeindrücke des Satans! Die Stunde naht: Firnhof muß dahin geschickt werden, wohin er gehört – zur Hölle!»

«Das ist bitter, aber notwendig», pflichtete der Landstreicher bei. «Recht muß vor Unrecht gesetzt werden.»

«Ich fühle mich aufgerufen», erklärte der Bauer, «allem Schrecken ein Ende zu setzen.» Er wandte sich an den Satan: «Ich weiß nicht, wer du bist, aber eines ist gewiß: du zeigst dich uns Bauern hilfreich.» Nun fuhr er feierlich fort: «In deiner Anwesenheit schwöre ich vor Gott, daß von meiner Hand Firnhof in die Hölle gewiesen wird.»

«Gott wird dir die Hand segnen!» sagte der Satan. «Und ich werde dich bei deiner Tat unterstützen. Am Sonntag rufe ich die Bauern zu einer Demonstration gegen Firnhof auf. Wir marschieren um Mitternacht los. Du verbirgst unter deinem Mantel eine Schußwaffe. Wir bitten Firnhof um eine Aussprache. Wenn er auf uns zukommt, schießt du ihn nieder und wirfst die Waffe weg! In der Nacht weiß niemand, wer geschossen hat. Die Nachwelt wird deinen Mut bewundern!»

Schwarzenbök setzte schweren Herzens seine Fahrt fort; der Landstreicher ging zu seiner Höhle.

Am Abend ging Firnhof über das Feld. Der letzte Strahl der untergehenden Sonne vergoldete die Fluren. Auf einem Feldstein saß der Satan. Der fahle Umhang bedeckte sein Knochengerüst. Er erhob sich und sagte: «Du begegnest mir zur rechten Stunde. Ich möchte dich auf deinen Tod vorbereiten.»

«Ich weiß, daß du heute nacht die Bauern gegen mich anführst», antwortete Firnhof, «aber ich fürchte mich nicht vor ihnen. In letzter Zeit sind sie mir aus dem Wege gegangen; du gibst mir Gelegenheit, mich an sie zu richten.»

«Du kannst die Dinge nicht mehr wenden», entgegnete der Satan. «Ihre Ohren sind taub und können dein christliches Wort nicht aufnehmen.»

«Sie können aber das Licht wahrnehmen, das ich in mir trage. An ihm sollen sie erkennen, daß ich nichts Böses von ihnen will.»

«Sie sind von mir geblendet und können das wahre Licht nicht mehr schauen.»

«Ich habe keinem von ihnen etwas getan.»

«Du hast mir und meinem Gefährten damals auf der Berghütte freigestellt, die Bauern gegen dich aufzuhetzen. Das ist uns gelungen. Die Bauern sind in unserem undurchdringlichen Lügennetz gefangen.»

«Es war mein Recht, mich euch zu widersetzen.»

«Der Teufel Recht ist, den zu stürzen, der ihnen zu übermütig wird. Du kannst aber zu dieser Stunde deinen Sturz noch aufhalten: verbinde dich mit mir!»

«Wenn ich das täte, wäre ich ein halber Satan.»

«Dann nimm deinen Tod hin!»

«Wo bliebe auf unserem Planeten der Fortschritt, wenn nur Teufel die Menschen führen würden? Wir müssen bekennen, daß wir aus der göttlichen Schöpfung hervorgegangen sind.»

«Wir Teufel sind auch ein Teil dieser Schöpfung und müssen das tun, wofür wir bestimmt sind: wir dürfen neben uns den Menschen nicht aufkommen lassen. Die Freiheit muß ihm von uns genommen werden.»

«Gott hat vorgesehen, daß wir uns im Ringen mit euch Widersachern zu einem selbständigen Wesen bilden. Ich werde mich in euerem Chaos nicht verlieren.»

«Der Mensch ist schwach und bedarf unserer Stütze.»

«Wer sich bedenkenlos auf euch stützt, der ist für Gott verloren. Er muß euere Wege gehen. Ein aufgeweckter Mensch wird kaum unter euerer Herde sein.»

«Ich habe dir angeboten, meine Herde zu führen, aber du hast den hohen Posten abgelehnt.»

«Ich stehe unter eines anderen Kommando.»

Firnhof wandte sich ab und vertraute dem Licht, das in seinem Inneren leuchtete.

Am Sonntagmorgen nach der Messe saßen die Bauern im Gasthof neben der Kirche an ihren Stammtischen und unterhielten sich über das Unwetter, das ihren Feldern schweren Schaden zugefügt hatte. Plötzlich nahmen sie wahr, daß an dem Tisch beim Eingang der Landstreicher saß.

«Liebe, geschädigte Bauern», schmeichelte er sich bei den Versammelten ein. «Ich wollte die Predigt des Pfarrers anhören, bin aber unterwegs in wichtigen Dingen aufgehalten worden. Auf dem Herweg kam mir die Bäuerin vom Unterhof entgegen. Ich fragte sie, was der Geistliche gepredigt habe. Sie war gekränkt und schimpfte: Der Pfarrer habe auf der Kanzel erwähnt, die Bauern seien zum Teil an dem Unwetter schuld, das wie eine Strafe Gottes über Wälder, Felder und Höfe fegte, weil sie ständig fluchen und mit ihren Frauen in Streit leben. Sie dagegen beteuerte, die Bauern haben sich schon immer so verhalten und der Herrgott habe trotzdem die Gemeinde verschont.»

Die Bauern stimmten dem Landstreicher zu. Er fuhr fort: «Einfache Leute sagen das, was sie denken. Aber wir wollen nicht weiter auf das Unwetter eingehen: es war ein normales Naturgeschehen. Eher müssen wir uns darum kümmern, weshalb der Einödbauer dabei den Tod gefunden hat.»

«Das wäre interessant, zu erfahren», sagte einer der Bauern. «Weißt du mehr als wir?»

«Ja! Das werde ich euch erzählen», fuhr der Satan mit seiner Lüge fort.

«Ich saß in der Ebene auf einem Feldstein und sah, wie das Gewitter aufzog. Der Einödbauer pflügte in der Nähe einen Acker. Er war in die Arbeit vertieft und merkte nichts von der nahenden Gefahr. Ich ging hin und warnte ihn, aber er hörte nicht auf mich. Schnell wollte ich in den Wald flüchten und Schutz suchen. Da sah ich, wie der gehörnte Teufel von Firnhofs Anwesen heraus kam und bis zu des Einödbauern Acker lief. Da blieb er stehen. Satane können sich mit den Elementen verbinden. Er hob seinen Arm und leitete den Blitz, der aus den Wolken zuckte, auf den Einödbauern. So wurde der Ahnungslose aus dem Leben gerissen. Wenn wir uns fragen, weshalb der Satan den Blitz nicht auf mich leitete, so lautet die Antwort: Firnhof hatte die Hand im Spiel!»

«Was wollte er damit erreichen?» fragte ein Bauer.

«Er will euch vernichten!» führte der Landstreicher aus. «Der Einödbauer ist nicht der erste, den er vom Teufel umbringen ließ; er ist auch schuld an dem Tod der Familie Huber. Auch zwei anderen Hofbesitzern hat er Schaden zugefügt. Über beide Fälle soll man aber in der Öffentlichkeit nicht reden.»

«Woher hast du deine Informationen?» fragte neugierig einer der Versammelten.

«Schon an Ostern habe ich euch gesagt, daß in der Fabrik zwei Teufel logieren. In der Zwischenzeit habe ich intensiv nachgeforscht, weshalb die Teufel in euerer Gegend aufgetaucht sind. Dabei habe ich heraus gebracht, daß Firnhof sie hergerufen hat.»

«Was will er mit ihnen anfangen?» fragte ein junger Bauer.

«Er hat ihnen seine Seele verschrieben, daß sie in seiner Nachbarschaft die Bauerngeschlechter ausrotten. Er will auf dem frei gewordenen Grund und Boden seine Fabrik erweitern.»

«Firnhof darf den Frevel an uns nicht mehr weiter treiben!» sagte Schwarzenbök. «Keiner von uns soll um sein Leben mehr bangen müssen.»

«Auch ich unterstütze Schwarzenböks Mut», schwor der Satan. «Wenn es euch recht ist, werde ich euch gegen Firnhof anführen.»

«Führe uns an!» riefen die Bauern.

«So ist es gut!» bestätigte der Landstreicher. «Sammelt euch heute eine Stunde vor Mitternacht bei dem Gasthof an der Kirche! Habt keine Angst. Wir demonstrieren friedlich. Marschiert in Mäntel gehüllt zur Fabrik! Am Eingang erwarte ich euch. Wenn ihr geschlossen hinter mir steht, werde ich den Fabrikbesitzer herausfordern und euere Anklage vorbringen.»

«Wie lautet sie?» fragte ängstlich Oberholzer.

«Er ist der getarnte Feind seiner Nachbarn», behauptete der Satan. «Das werde ich ihm beweisen und ihn vor eueren Augen entschleiern.»

Er ging zu der einen Tür hinaus, aus der andern kam Luzifer in der Kleidung eines Abenteurers herein.

Mit Begeisterung wandte er sich an die Gäste: «Ich habe vor der Türe euere Absprache mit dem Landstreicher gehört. Ich bewundere eueren Mut und euere Entschlossenheit! Das Unternehmen möge gelingen! Zur Vorfeier stifte ich jedem von euch einen Krug Bier.»

Er reichte an der Theke der Wirtin einen Geldschein. Sie prüfte ihn, fand ihn echt und legte ihn auf ihre Kasse. Dann reichte sie jedem Bauern einen Krug Bier. Alle erhoben den Krug und prosteten dem Spender zu. Er setzte seine Ansprache fort: «An euerem Marsch, der euch in die Freiheit führen soll, kann ich wegen Zeitmangel nicht teilnehmen. Aber ich gebe euch den guten Rat, schleicht nicht wie finstere Mörder durch die Nacht; nehmt brennende Fackeln mit! Sie werden euch am Fabriktor die Auseinandersetzung mit Firnhof erleichtern. Gerne möchte ich bei seinem Auftritt euch zur Seite stehen und nach dem Sieg eueren Jubel miterleben.» Damit verabschiedete er sich und ging. Nachdem sie die Krüge leergetrunken hatten, wollte die Wirtin den Geldschein des Abenteurers in die Kasse legen, aber er war nicht mehr auffindbar. Sie entschädigte sich bei den mürrischen Bauern. Als sie wieder in die Küche ging, wandte sie sich an der Theke noch einmal um und sagte: «Lauft den fremden Gesellen nicht nach, sie führen euch irr.» Das interessierte die Besessenen nicht, sie kannten nur die Parole des Satans: Firnhof ist der getarnte Feind aller Hofbesitzer. Finster träumend gingen sie nach Hause.

Das Gericht

Nacht lag über dem Wald, den Feldern und den Höfen. Kein Stern leuchtete den Bauern, die sich bei der Kirche gesammelt hatten und mit brennenden Fackeln zu Firnhofs Fabrik zogen. Schwarz gekleidet empfing sie der Landstreicher an der Pforte. Hinter ihm im Dunkeln lagerten seine Helfer, vierbeinige Halbteufel, mit Schnauzen, Augen und Ohren wie Panther. Gierig warteten sie auf seinen Befehl.

Der Anführer zählte die Demonstranten. Plötzlich stand auf dem höchsten Torpfosten in rotem Gewand Luzifer. Über ihm kreiste seine Helferschar: Halbteufel mit Flügeln und Schädeln wie große Fledermäuse. Sie ließen sich abwartend auf den Ästen der alten Linde nieder.

Die Bauern standen stumm zwischen den Teufeln. Wie damals auf dem Felde waren sie wieder entrückt: Sie wollten sich dem Bannkreis des Bösen entziehen, aber sie konnten ihre Glieder nicht bewegen.

«Löscht die Fackeln!» rief der Landstreicher. «Unser Volkstribunal muß im Finstern vollzogen werden.»

«Laßt sie brennen!» schrie Luzifer. «Mit Festesfreude soll die Fabrik in Flammen aufgehen.» Er bewegte den Arm und forderte die Bauern auf, die brennenden Fackeln in die Fabrik zu werfen.

Auf dem Kirchturm schlug die Mitternachtsstunde. Mit einem Mal blitzten überall die Lichter auf: taghell lag das Fabrikgelände.

Firnhof kam aus dem Bürogebäude und ging auf die Demonstranten zu.

Der Landstreicher befahl: «Schwarzenbök, vollziehe, was du vor Gott geschworen hast!»

Der Bauer zog blitzschnell unter seinem Mantel eine Waffe hervor und schoß auf Firnhof. Unter der Geschoßgarbe brach Firnhof zusammen.

Der Landstreicher triumphierte: «Ein Strahl des Höllenfeuers hat dich getroffen; jetzt gehörst du mir.»

Aus dem Pförtnerhaus trat Wieland. Er schlug mit seinem heiligen Schwert auf das eiserne Geländer. Die Macht der ehernen Klänge löste die Bauern aus dem Teufelsbann.

Die Bösen ließen ihre Verkleidungen fallen. Die Bauern standen, in Todesfurcht zitternd, zwischen den Schreckgestalten aus anderen Welten.

«Der Teufelskampf ist zu Ende», herrschte der Satan seine Dienerschaft an. «Steigt über den Zaun und holt mir des Widerspenstigen

Seele!» Auch Luzifers Gesinde stieß von der Linde herab und kreiste über dem Sterbenden. Wieland wehrte sie ab und legte neben Firnhof das heilige Schwert.

Schwarzenbök stürzte sich vor sein Opfer und stöhnte: «Weh mir armem Tor! Firnhof, vergib mir!»

«Du bittest umsonst», spottete der Satan. «Für dich gibt es keine Vergebung. Verlasse die Stätte und ziehe mit uns. Ein Fahrzeug steht für dich bereit.»

«Fort mit euch!» tobte der Bauer. «Ich will nicht in euerer Gesellschaft sein.»

«Deine Reue kommt zu spät», sagte der Satan. «Der Mörder bleibt ewig in dir. Du bist für immer verloren.»

«Sei verflucht!» schrie Schwarzbök. «Du hast mit List mich zu deinem Knecht gemacht und dafür soll ich ewig bei dir sein?» Er richtete die Waffe gegen sich selbst.

Wieland rief: «Zurück! Es kann dir vergeben werden.»

«Nein!» entgegnete er. «Als Mörder kann ich nicht mehr unter Menschen sein.» Er entleibte sich.

Der Satan rief ihm zu: «Du hast unter meinem Einfluß das getan, was du nicht hättest tun dürfen. Als Dank dafür nehme ich anstelle Firnhofs Seele deine mit. Am Schwellenabgrund warte ich mit meiner Helferschar auf sie.»

Er schlich mit seinen Schergen davon. Auch Luzifer zog sich mit seinem Gesinde zurück.

Der Wolkenschleier zerriß. Über den Häuptern der Bauern leuchteten wieder die Sterne.

Wieland wandte sich an die Verwirrten: «Ich habe Firnhofs Unsterbliches vor dem Zugriff des Satans geschützt. Jetzt trägt ihn seines Wesens Licht hinauf in Gottes Reich. Schwarzenböks Seele wird von dem Satan und seinen Helfern in den finsteren Abgrund getrieben.»

Er sprach ein Gebet, die Bauern falteten die Hände. Damit ging die schauervolle Nacht zu Ende.

Das Leben verlief weiter in geordneter Bahn. Wieland übernahm die Leitung der Fabrik. Voll Vertrauen brachten ihm die Bauern ihre Zugmaschinen und Ackergeräte zur Pflege. Auch die Fertigungen für die Kraftfahrzeugindustrie liefen weiter.

Noch im gleichen Jahr bauten die Hofbesitzer auf dem höchsten Hügel über dem Dorf eine Kapelle zu Ehren des Erzengels Michael und verewigten darin Firnhofs Namen. Den Schmied wählten sie zum Oberhaupt ihrer Gemeinde.

Auch im Moserhof kehrt der Friede zurück. Hans begann mit seiner Else ein neues glückliches Leben.

Die Teufel blieben für immer der Gegend fern, sie fürchteten sich vor Wieland und seiner Schwerteskraft.

[1] Rudolf Steiner: Die tieferen Geheimnisse des Menschheitswerdens im Lichte der Evangelien. Zwölf Vorträge, 11.10–26.12.1909. Berlin, Stuttgart, Zürich und München. Vortrag Berlin, 21.12.1909 Seite 194.

Als Tauler seine Predigten zu Straßburg gehalten hat, da haben sich seine eindringlichen Feuerworte tief in die Seelen hineinversenkt, und mancher bleibende Eindruck mag manchmal in die Seelen der Menschen ersprossen sein. Mancher Eindruck mag von dem gekommen sein, was Johannes Tauler auch oft in seinen wunderschönen Weihnachtspredigten gesagt hat. Dreimal, so sagte er, wird der Gott für die Menschen geboren: zuerst, indem er abstammt vom Vater, von dem großen Weltenall; dann indem er zu den Menschen heruntergedrungen ist und menschliche Hüllen angenommen hat, und zum drittenmal wird der Christus in jeder menschlichen Seele geboren, die in sich selber die Möglichkeit findet, dasjenige, was Gottesweisheit ist, mit sich zu vereinigen und in sich einen höheren Menschen zu gebären.

[2] Bezeichnung für Ahriman.

[3] Rudolf Steiner: Der innere Aspekt des sozialen Rätsels. Luziferische Vergangenheit und ahrimanische Zukunft. 1977 Rudolf Steiner Verlag Dornach. Seite 195.

«So ist vieles in den geistigen und ungeistigen Strömungen der Gegenwart, das nötig machen würde, daß die Menschen es genau so ansehen und ihr Verhalten, namentlich das Verhalten ihrer Seele, entsprechend einrichten. Ob die Menschen so etwas durchschauen wollen, davon wird es abhängen, wie die Inkarnation des Ahriman die Menschen trifft, ob diese Inkarnation des Ahriman die Menschen dazu bringt, das Erdenziel ganz zu verlieren, oder ob diese Inkarnation Ahrimans die Menschen dazu bringt, gerade die ganz eingeschränkte Bedeutung des intellektuellen Lebens, des unspirituellen Lebens zu erkennen. Wenn die Menschen im richtigen Sinne, ich möchte sagen, dasjenige in die Hand nehmen, was ich Ihnen jetzt als zu Ahriman hinführende Strömungen charakterisiert habe, dann werden sie, einfach durch die Inkarnation des Ahriman im irdischen Leben, klar erkennen, was ahrimanisch auf der einen Seite ist und dadurch auch den polarischen Gegensatz, das Luziferische, erkennen. Und dann werden die Menschen in die Lage kommen, gerade aus dem Gegensatz von Ahrimanischem und Luziferischem das zusammenfassende Dritte ins Seelenauge zu fassen. *Bewußt müssen sich die Menschen durchdringen zu dieser Trinität des Christlichen, des Ahrimanischen, des*

Luziferischen. Denn ohne dieses Bewußtsein werden die Menschen der Zukunft nicht so entgegen leben können, daß sie das Erdenziel wirklich erreichen.»

4 Rudolf Steiner: Individuelle Geistwesen und ihr Wirken in der Seele des Menschen. Neun Vorträge, gehalten in St. Gallen, Zürich und Dornach vom 6. 11.–15. 11. 1917. Zweiter Vortrag, Seite 203.

Ich habe im Verlaufe der Betrachtungen gesagt, daß ein jeder Zeitraum der nachatlantischen Zeit seine besondere Aufgabe hat. Ich habe im allgemeinen die Aufgabe des fünften nachatlantischen Zeitraumes chrakterisiert, indem ich angedeutet habe, daß es einmal schon für die Menschheit die Aufgabe dieses Zeitraumes ist, sich mit dem Bösen als Impuls in der Weltenentwickelung auseinanderzusetzen. Was das heißt, das haben wir ja schon verschiedentlich besprochen. Es ist nicht anders möglich, als daß die Kräfte, welche, wenn sie am schlechten Ort auftreten, durch die Anstrengungen der Menschen im fünften nachatlantischen Zeitraum für Menschheit erobert werden, so daß sie mit diesen Kräften des Bösen etwas Günstigeres für die Zukunft der ganzen Weltenentwickelung anzufangen in der Lage ist. Dadurch wird die Aufgabe dieses fünften nachatlantischen Zeitraumes eine ganz besonders schwierige. Denn sehen Sie, eine große Anzahl von Versuchungen steht der Menschheit bevor. Und wenn so nach und nach die Gewalten des Bösen erscheinen, dann ist natürlich der Mensch unter Umständen viel mehr geneigt, sich diesem Bösen auf allen Gebieten zu überlassen, als daß er den Kampf aufnimmt, um dasjenige, was ihm als Böses erscheint, in den Dienst der guten Weltenentwickelung zu stellen. Und dennoch muß dieses geschehen; es muß das Böse bis zu einem gewissen Grad in den Dienst der guten Weltenentwickelung gestellt werden. Ohne dieses könnte nicht eingetreten werden in den sechsten nachatlantischen Zeitraum... Denn wird in diesem fünften nachatlantischen Zeitraum von den Menschen dasjenige erreicht, was erreicht werden kann, durch die Einverleibung der Kräfte des Bösen im guten Sinne, dann wird zur gleichen Zeit etwas Ungeheures erreicht: dann wird dieser fünfte nachatlantische Zeitraum für die Entwickelung der Menschheit etwas wissen aus größeren Vorstellungen als irgendein früherer Zeitraum der Erdenentwickelung. Erschienen ist zum Beispiel der Christus durch das Mysterium von Golgatha dem vierten nachatlantischen Zeitraum; aneignen für die menschliche Vernunft kann ihn sich der fünfte nachatlantische Zeitraum erst. Im vierten nachatlantischen Zeitraum haben die Menschen begreifen können, daß sie in dem Christus-Impuls etwas haben, was sie über den Tod hinaus führt als Seelen; das ist ja durch das Paulinische Christentum hinlänglich klar geworden. Aber ein noch Bedeutsameres wird eintreten für die Entwikkelung des fünften nachatlantischen Zeitraumes, in dem die Menschenseelen erkennen werden, daß sie in Christus den Helfer haben, um die Kräfte des Bösen in Gutes umzuwandeln...

Seite 219: ...Die Zusammenschmiedung des Menschenwesens mit dem maschinellen Wesen, das wird für den Rest der Erdenentwickelung ein großes, bedeutsames Problem sein.

5 Rudolf Steiner: Ostern, das Mysterium der Zukunft. Ostervortrag in Berlin, 13. April 1908. Seite 21.

Alle Entwickelung innerhalb der Menschheit geht in merkwürdiger Weise vor sich. Sie geht sozusagen bis zu einem gewissen Punkte voran, und von da ab geht sie in entgegengesetzter Richtung, nachdem die Entwickelung bis zu einem gewissen Punkte heruntergestiegen ist, steigt sie wieder hinauf und kommt wieder an denselben Etappen an, nur in einer höheren Form, so daß der Mensch heute tatsächlich vor einer merkwürdigen Zukunft steht: vor der Zukunft – das weiß jeder, der diese tief bedeutsame Tatsache der Menschheitsentwickelung kennt –, daß sich sein Ätherleib nach und nach wieder lockert, nachdem er untergetaucht war in den physischen Leib, in welchem er in scharfen Grenzen und Formen alles dasjenige wahrgenommen hat, was in der physischen Welt heute wahrzunehmen ist. Der Ätherleib muß sich wieder lockern, muß sich wieder herausheben, damit der Mensch zu der Vergeistigung aufsteigen kann und in der geistigen Welt wahrnehmen kann. Tatsächlich ist die Menschheit heute schon wiederum an dem Punkte, wo bei einem großen Teil der menschlichen Individuen die Ätherleiber sich wieder lockern.